Luigi Pirandello

Quando si è qualcuno

Texte et illustration de couverture : © domaine public
Edition : Culturea (Hérault, 34)
Contact : infos@culturea.fr
Retrouvez notre catalogue sur http://culturea.fr
Imprimé en Allemagne par Books on Demand
Design typographique : Derek Murphy
Layout : Reedsy (https://reedsy.com/)

Dépôt légal : janvier 2023

ISBN : 9791041843947

Rappresentazione in tre atti

PERSONAGGI

***, (qualcuno)

Giovanna, *la moglie*

Tito, *il figlio*

Valentina, *la figlia*

S. E. Giaffredi, *l'amico*

Modoni, *l'editore*

Cesare, *il cameriere*

Pietro, *il nipote d'America*

Natascia, *sua moglie*

Veroccia, *sorella di Natascia*

Scelzi, *critico*

Diana

Sàrcoli e altri due giovani delaghiani

Primo giornalista

Secondo giornalista

Commesso di una casa di dischi

Commissario di polizia

Madre superiora

Carlo, *cameriere di Pietro*

Due suore, ragazze e ragazzi d'un educandato

Fotografi, invitati

Due camerieri d'occasione

ATTO PRIMO

Scene

1.

Studio editoriale di Pietro, editore per diletto. Chiara stanza con pochi mobili (facilmente smontabili e asportabili). Nella parete di fondo, un enorme manifesto illustrato a colori, con cui è stato lanciato americanamente il libro L'imbalconata, liriche di Délago. Ai due lati di questo manifesto, due ritratti ingranditi si voltano le spalle: a destra, quello di *** nel suo atteggiamento ormai famoso, perché migliaja e migliaja di volte riprodotto in libri e stampe d'ogni genere; a sinistra, quello del presunto Délago, cioè d'un bel giovane sui vent'anni, che potrebbe anche essere una lontana immagine giovanile di ***, ignota a tutti e irriconoscibile.

In luogo della parete destra ci sarà a mezza altezza un tramezzo di vetri opachi, che non arriverà fino in fondo e servirà a separare la parte riservata di qua al direttore da quella (invisibile) riservata di là ai subalterni, segretario, dattilografe, assenti perché domenica. Nella parete sinistra, un divano, due poltrone, e poi l'uscio comune. Nel mezzo della scena la scrivania di Pietro. La finestra s'immagina davanti a questa scrivania, nell'invisibile quarta parete.

2

Ma questa volta, la quarta parete, a un certo punto dell'atto, si vedrà: calerà cioè dall'alto un pezzo del muro esterno della villa con due ordini di finestre; e per dare agli spettatori la sensazione d'un improvviso cambiamento di prospettiva, la finestra dello studio, da cui s'affaccerà per un momento Veroccia, non sarà quella di faccia in primo piano, ma un'altra al secondo e un po' di lato. Per ottener questo effetto con l'opportuna rapidità, basterà impostare subito dietro la scena che cala una comoda scala a libro, alta non più di due metri, che sarà subito aperta e sostenuta per l'attrice che vi monterà e che dovrà sporgersi a quella finestra dalla cintola in sù.

3.

L'atrio della villa, magnifico, con la scala in fondo ben in vista che conduce ai piani superiori. L'entrata s'immagina sul davanti, nel proscenio, cioè sotto i due ordini delle finestre viste nel muro esterno. Ricchi ma pochi mobili di nuovo stile, da atrio, che diano l'impressione d'una dimora provvisoria, di stranieri che abbiano lì per lì improvvisato una casa. (Questa terza scena sarà già preparata dietro la prima, perché il cambiamento delle tre scene sotto gli occhi del pubblico dovrà essere rapidissimo.)

Al levarsi della tela sono in scena Pietro e Natascia. Pietro, intento a scrivere, e Natascia al suo ricamo, seduta sul divano. Pietro è sui trent'anni - capelluto e barbuto - testa alla De Musset - fulvo e lentigginoso - si butta a parlare con impeto e poi d'un tratto si chiude in un silenzio d'attesa e guardingo, tanto che scappa con gli occhi qua e là. Ma basta che Natascia alzi i suoi a guardarlo; corre subito a baciarla e si calma. Perché Natascia è terribilmente calma. Le pazzie che le passano per il capo sono visibili soltanto in quel suo ricamo, dove nessuno ci capisce nulla. Ma lei si sfoga così, per fare poi la saggia moglietta e l'affettuosa sorellina. Pausa. Tutt'a un tratto si ode di là dal tramezzo di vetri opachi il grido di *** a cui Veroccia ha dato una forbiciata nei capelli a tradimento. Tutta la prima parte della scena si svolgerà di qua e di là dal tramezzo.

*** Ma no! Sei pazza? Che hai fatto?

Veroccia (*Vivacissima e irata*): Ora di qua, aspetta!

4

*** (*ribellandosi*): Ma che di qua! Butta via codeste forbici!

Veroccia (*c.s.*): No! Ancora! Ancora!

*** Via, ti prego, Veroccia, guarda: tutta una ciocca!

Veroccia: E ora l'altra di qua, lasciami fare!

Natascia (*alzandosi per vedere che avviene di* là): Che cos'è? Oh Dio, gli ha tagliato i capelli!

Pietro (*alzandosi a guardare anche* lui): Sì, brava, Veroccia! taglia! táglia!

*** (*sempre di* là): Ah no! Ah no! Basta!

Pietro: Eh, ma non puoi mica restare così adesso, scusa! Giù le mani, fa' vedere!

*** Ora che vengono a prendermi... - te l'immagini?

Veroccia: E apposta ti sviso! Per quelli che vengono a prenderti!

Natascia (*con un grido di viva apprensione*): Smettila, Dio, Veroccia, con quelle forbici! Vi potete far male!

Pietro: No, dàgli, dàgli, Veroccia! Via tutta quella canutiglia!

Veroccia: Bisognerà per forza tagliare da quest'altra parte, adesso!

*** Lo so! Ma non tu! Lascia, taglio io!

Veroccia (*pestando un piede*): No! io! io!

Natascia (*entrando a prenderla di forza e portandola di qua riluttante*): Oh insomma, Veroccia, basta! Lascialo! Vieni via!

Veroccia (*appena sui vent'anni, rossa di capelli, nasino ritto, occhi sfavillanti, tutta un fremito, venendo avanti, trascinata, con le forbici ancora in mano*): Ma non gli taglio soltanto i capelli, lo vuoi capire? Lo stacco via da sé, lo libero da quella sua testa -

Pietro: - di pubblico dominio! Testa da moneta.

La indica nel ritratto.

Natascia: Sta per venire la moglie, siete pazzi? i figli...

Veroccia: Appunto! Appunto! Per impedire che se lo riportino via!

*** (*di* là, *urtato*): Pietro, per favore, le forbici!

Pietro: Da', da', Veroccia!

Veroccia: No! Lui è capace d'accomodarseli! Debbo tagliarglieli io!

5

*** Ma per forza bisogna che me li accomodi! Vuoi che mi presenti così? Qua non c'è neppure uno specchio!

Veroccia: Ci ho piacere!

Salta su una sedia per guardarlo di là.

A - àh!

ride

Si sta guardando nella vetrina!

Natascia: Portagli uno specchio, Pietro! E tu da' qua le forbici!

Veroccia (*saltando giù dalla sedia, a Pietro che va a baciare Natascia prima di obbedire all'ordine*): No! Non t'arrischiare, Pietro! Ah, bravo, sì, bacia Natascia.

Poi, ripresentandosi di là, ancora con le forbici in mano.

Non temere, lascia fare a me: te li accomodo bene!

*** No! tu no!

Veroccia: Respirerai! Il capo svelto! il collo leggero!

Entra.

*** Con garbo, per carità!

Veroccia: «Per carità» non t'avessero più a riconoscere! Debbo io sola sopportare che Délago abbia ancora questa testa! - Ecco - fermo - su quest'altro orecchio!

*** - piano!

Veroccia: - piano, sì, - aspetta - un altro po' - così. - Oh, guarda, Pietro, se non sembra un altro!

Pietro: Per Délago, dovrebbe mostrare a dir poco venticinque anni di meno!

Veroccia: Non è vero! Basta così!

*** (*con tono d'intensa passione*): Ma mi dici perché Dio t'ha fatta così bella?

Veroccia (*adirata*): Smettila adesso di far gli occhi piccoli, o te li cavo, sai!

Pestando un piede, esasperata:

E non sorridermi così!

Natascia: Basta, Veroccia! Lo tormenti troppo!

Veroccia (*buttando a terra le forbici*): Mi compatisce! Mi compatisce!

Pietro: Vado a prendergli lo specchio?

E si china a baciare Natascia prima d'andare.

Veroccia (*rivenendo fuori e sorprendendolo*): E finitela di baciarvi sempre! - Che debbo fare per scuoterlo, per scrollargli d'addosso tutta quella crosta mortificata? Mi pare Bob, Bob che va a nascondersi sotto il letto quando lo tosano.

*** Potessi nascondermi davvero e non farmi più vedere da nessuno!

Pietro (*ritornando con lo specchio a mano e recandolo di là*): Ecco lo specchio: toh; guàrdati.

*** Oh Dio, no! - È uno scempio! - Così non è possibile! da', da' qua le forbici!

Veroccia (*a Natascia*): Nascondersi, lo senti? È tutto inutile! - Raccattagli le ciocche, Pietro, e vedi di riappiccicargliele sulle tempie! È ridicolo pigliarsela coi capelli, se non gli basta l'animo.

*** Ridicolo, sì, ridicolo, conciarmi così!

A Pietro:

Non posso più mostrarmi a nessuno!

Pietro: Ma no, aspetta: bisognerà accorciare anche di dietro. Certo che così non è possibile.

Natascia: Chiama Carlo, Pietro. Non potrai farlo tu.

Pietro: Ah già! Siamo salvi: Carlo ha fatto il barbiere. Suona, suona Natascia!

Natascia suona il campanello.

Veroccia (*a Pietro*): Ma no! corri piuttosto da un parrucchiere in città con una ciocchetta per mostra e una cartolina illustrata del grand'uomo! Forse t'approntèrà una parrucca in tempo che gli arrivi qua la moglie coi figliuoli e tutto il seguito -

Si ode bussare all'uscio.

Natascia: Avanti.

Veroccia: - a rimetterlo in trono!

Entra Carlo.

Carlo: Ha sonato?

Pietro (*di là*): Vieni, vieni qua, Carlo, c'è bisogno di te!

Veroccia: Ah che idea, Natascia! Se si potesse!

Natascia: Che altro ti salta in mente adesso? Finiscila!

Veroccia: No! Sta' a sentire! Sta' a sentire!

*** (*gridando di là, adiratissimo*): Ma no! Che raso! Che raso!

Carlo: Eh, guardi, scusi: qua c'è una forbiciata... Siamo quasi alla cute. A pareggiare...

*** E lei non pareggi, oh bella! Cerchi d'accomodare... Il meno possibile... Un po' dietro; e qua, da questa parte...

Veroccia (*assorta nella sua idea, come se la vedesse*): Una parrucca e una maschera di cera - mani di cera - si fa un pupazzo - si veste - sulla parrucca gli si pianta il suo bel cappello alla moschettiera: È LUI - là - come impagliato! - Vengono e se lo portano via! - Tanto, a loro, non serve altro di lui, per come l'hanno ridotto!

*** (*di là, con uno scatto*): E ti pare che io non ci abbia pensato?

Carlo: Fermo, per carità! Eh, se lei fa così!

*** Basta! Basta! Avete accorciato un po' dietro?

Carlo: Sì, ma aspetti!

*** Non importa! Basta così! Ricresceranno subito, appena verranno a prendermi, vedrete, con la loro bella piega d'ali cadenti qua dietro gli orecchi.

Viene fuori. A sulla cinquantina, ma così col capo alleggerito dai capelli, in maglia estiva, svelto, estroso, ha l'aspetto quasi giovanile, agile, sciolto.

Un fantoccio, sì! Ci ho pensato anch'io, Veroccia!

Veroccia (*esultante*): Guardalo! Guardalo, Natascia! Non è un altro? Giovane! - Così, così, voglio che ti ridano gli occhi!

Carlo: Non c'è più bisogno di me?

*** No, grazie.

Pietro: È Délago, non c'è che dire: è Délago!

*** Sì, coi peli dell'altro nella schiena...

Natascia: Pare davvero ringiovanito di vent'anni!

*** Io, non Délago!

A Veroccia:

Ma sì, se tu vuoi, Délago... -

Riattaccando:

Proprio, Veroccia; ma sai quante volte, di notte, nel mio studio - oppresso da non poterne più: - un fantoccio, da lasciar lì posato a sedere davanti alla scrivania, al lume della lampada: la parrucca - la faccia, le mani di cera - gli occhi di vetro - lì - immobile - e io, zitto zitto, come uscito da quella spoglia - scapparmene e venirmene qua di corsa da te e poi fuggire -fuggire - sparire!

Pietro: Sì, sì, - tutt'e quattro insieme! - partire - benissimo!

Veroccia (*battendo le mani*): Facciamolo! Facciamolo!

Pietro: Io sono già stufo di quest'avventura!

Natascia: Si ritorna tutti in America con lui! Sì! Sì!

Veroccia: Io so formare! La maschera e le mani di cera te le faccio io. Ti vedo!

Pietro: Oh, ma sai che così t'avrei sbagliato io stesso con tuo fratello?

Veroccia: Non cambiar discorso, Pietro!

Pietro: Sì, guarda, Natascia, se non sembra proprio mio padre!

Natascia: E vero, sì!

Pietro: Tal quale, la stessa testa - lo scopro adesso che non ha più qua

accenna alle tempie

tutti quei capelli.

A Veroccia:

Non sembra anche a te?

Veroccia: Ma che, no, Andrea? Tutt'altro!

*** Ah, lo chiamavi Andrea?

Pietro: Andrea, Andrea, anche lui: è la sua specialità: tratta i vecchi come ragazzini.

Veroccia: Ma chi, vecchio? Nessuno è vecchio! Ci si crede vecchi! Siamo tutti come la terra, giovanissimi e pieni di capricci.

*** Diciott'anni...

Si passa le mani sul capo.

La sua testa... Due meno di me. Quanto insistette perché partissi con lui. Fu una fuga davvero, la sua, allora...

Veroccia: Come dire che la tua ora sarà per burla! Eh lo so! Tu non l'hai nel sangue! non l'hai nel sangue!

*** Ebbi pietà dei nostri vecchi che sarebbero rimasti soli...

Veroccia: Ecco! Pieno anche allora di grandezza e di pietà! Ma ora basta, sai? Mi farai il piacere d'imbottirne il tuo fantoccio; Délago non ha bisogno di questa stoppa e dev'essere spietato!

*** Fossi partito allora...

Pietro: Saresti ricco anche tu!

*** Ah, no, questo...

Pietro: Socio di mio padre - ricco per lo meno quanto me!

*** E nessuno - te l'immagini? - nessuno - uno qualunque tra la folla - senza più addosso gli occhi della gente che non ti lasciano più vivere!

Veroccia: Ma va' là, che se vi mancasse questo a voi grandi uomini!

*** Che cosa?

Pietro: Esser guardati e ammirati da tutti!

*** Grazie! Se non dovessi più vivere! Pròvati a esser conosciuto da tutti e a voler vivere ancora!

Pietro: Ah, t'assicuro che se io fossi famoso...

*** Vorrei vederti! Con tanti specchi davanti, quanti sono gli occhi che ti stanno a guardare. Passa il grand'uomo: e ti fissano - irrigiditi - e ti irrigidiscono - richiamandoti alla tua «celebrità» - STATUA. Tu capisci? Quando hai altro per il capo e vorresti abbandonarti un momento a quello che pensi, a quello che senti! Scomporti - contorcerti, se hai un dolore dentro che ti cuoce. Perdio, non vuoi avere il diritto di sentirti, almeno allora, un pover'uomo? No - negato questo di diritto! - non puoi essere un pover uomo - sei un grand'uomo: «Su, su, non fare quella faccia! Ti guardano». - Ma sai che un mese fa, pochi giorni prima che mi fosse concesso di venire qua in villa da voi per ristorarmi un po' - (senti, senti questa!) - uscito di casa furioso, avevo vagato tutto il giorno, lontano, non so più dove, fuori della città: entro verso sera, dovendo pur prendere un boccone, nella prima osteria che mi venne davanti; ma affogato nel mio tormento, avevo così dimenticato - ma proprio, ti giuro, proprio dimenticato - d'essere «io», che a un certo punto, non resistendo più al fastidio d'incontrar sempre, nel levar la testa dal piatto, gli occhi di due giovani che mi fissavano e ridevano, scattai in piedi gridando che, se non smettevano, avrei tirato loro in faccia la bottiglia - e l'avevo davvero ghermita e levata in atto di scagliarla.

Pietro (*ridendo*): Oh bella! Oh bella! - E quelli?

*** Ah tu ridi? - Li vidi come scomparire dietro la tavola. La mattina dopo mi scrissero, scusandosi. Mi guardavano perché non sapevano capacitarsi ch'io fossi capitato in quella loro osteriuccia; e, avendomi riconosciuto, se ne compiacevano senza la minima irriverenza.

Pietro: E ti par poco?

*** Ah sì, infatti, il compenso di due scemi che si beano di te e la soddisfazione che non puoi più nemmeno andare a nasconderti in un'osteria! Ma che vuoi che te n'importi, se soffri - s e s o f f r i - della tua fama? della tua gloria?

Veroccia (*impronta, quasi con ira*): E tu perché soffri?

*** Ah, mi domandi perché soffro? Proprio tu? Se non m'è più lecito fare, senza uno scandalo enorme, ciò che tutti farebbero - per vivere - per vivere -per respirare!

Natascia (*placida, ricamando*)*:* E vuol dire che tu lo farai.

Pietro: - ecco, lo scandalo! - Tanto, qua tutto diventa scandalo! - Veroccia t'ama? - È uno scandalo! - Ma devi pur pensare che né io, né Natascia, saremmo venuti dall'America, se non c'era qua da conoscere questo mio famosissimo zio!

*** Sì, di cui ora vogliamo fare un fantoccio da lasciare a chi serve, nella mia biblioteca - posato davanti la scrivania - eh, Veroccia?

Veroccia (*assorta*)*:* Sto pensando che c'è un problema da risolvere, Bisognerebbe anche farlo parlare.

*** Facile, cara! Non ti confondere! Si spacca dietro e gli si ficca nello stomaco un grammofono.

Veroccia: Ah, già, benissimo. Sì sì - coi dischi da cambiare!

*** Per ripetere ai signori visitatori -

Pietro: - agli intervistatori -

*** - tutto quello - già fissato - che ho l'obbligo di ripetere a vita. Non perché l'abbia detto io; perché me l'hanno fatto dire gli altri! Cose che non mi son mai sognato di pensare.

Pietro: Tu devi averne davvero già parecchi, di dischi...

*** Tanti, sì. Tutto fissato, ti dico. - Perché io ormai non debbo più pensare altro - immaginare altro - sentire altro. - Che! - Ho pensato quello che ho pensato (*secondo loro*) e basta! - Non s'ammettono di me più altre immagini. - Ho espresso quello che ho sentito - e lì - fermo lì - non posso più essere diverso - guaj se lo tento - non mi riconoscono più - io non devo più muovermi dal concetto preciso, determinato in ogni minima parte, che si son fatto di me: là, quello, immobile, per sempre!

Pietro: Morto!

*** Se fossi morto! La dannazione è questa, che sono vivo ancora, io! Questo si può fare solo coi morti - e neppure coi morti, neppure coi morti! perché ce n'è pur di quelli, già lontani nel tempo, che hanno - beati loro! - qualche raro appuntamento con la storia, e poi il resto della loro vita liberi, oscuri! - basta che rispondano all'appello e si presentino puntuali a quella data fissa per compiere il loro atto memorabile - 12 aprile 1426 - 15 ottobre 1571 - che sa di dove vengono - che hanno fatto prima - che faranno dopo, se in quell'atto non saranno morti - nessuno ne sa più nulla! E anche - morti - da quell'unico atto - ci può essere qualcuno che venga a rimuoverli, scoprendo qualche nuovo documento - a scomporli dall'idea che s'è fissata di loro nella storia - e li faccia rivivere sott'altro aspetto, faccia dir loro una parola nuova - li riapra alla vita rimettendoli a respirare in un'altra luce!

Pietro (*acceso, con fuoco*): Ma scusa! Ma scusa! E che altro ho fatto io con te, scusa! Sei un ingrato!

*** Ah, tu l'hai fatto? Già, perché ti sei improvvisato editore delle liriche di Délago!

Pietro: Eh! scusa, non è avvenuto anche a te la stessa cosa?

Indica il manifesto a colori, illustrato.

Eccoti là - divenuto appunto un altro - Délago - senza che nessuno lo sappia - Délago: la gloria nuova, il segnacolo in vessillo di tutti i giovani!

*** Ah sà, Délago, infatti - Délago... - Ma non mi ha fatto rivivere Délago, sai, o tu o un altro! Sono io ancora vivo, io che penso, io che sento!

Prende tra le mani il volto di Veroccia.

Sì: perché dal primo momento questi occhi impertinenti si infrontarono coi miei, così, aizzosi e incantati -

soffia fhh

- sulla cenere - «tu vecchio? a chi vuoi darla a intendere? tu ardi! » - e come risero allora, da vederlo io solo, queste labbra! - Un attimo ti bastò - frugarmi appena negli occhi - per scoprirmi vivo, di' se non è vero! E se potesti svegliarmeli, è segno ch'erano in me - vivi, vivi - pensieri, sentimenti che cominciai, qua, subito, a esprimere nuovi, come in un sogno a cui non dovessi credere, se tu non ci credevi - ci hai creduto - e ora sono, sono la mia vita!

Si ode picchiare all'uscio.

Pietro: Chi è? Avanti!

Entra Carlo.

Carlo: Ci sono due signori e una signorina.

Veroccia: Ma no! oggi è domenica, no!

Natascia: E aspettiamo in mattinata...

Veroccia: Restiamo tra noi, se dobbiamo concertare.

Pietro: Chi sono? Dove sono?

Carlo: Son qua.

Indica dietro l'uscio.

*** Io mi ritiro.

Fa per ritornare dietro il tramezzo di vetri.

Sono così...

Pietro: Aspetta!

Sporge prima il capo dall'uscio e poi si fa avanti Scelzi, seguìto da Diana e da Sàrcoli. Sono giovani

12

tutti e tre. Scelzi è il critico più autorevole della nuova letteratura: corpacciuto, testone, fronte a baule, occhio strabo chiuso, per cui guarda con l'altro di traverso, voltando la faccia chiazzata di sangue illividito; spirito arguto e fine tuttavia, per poter un po' allargarsi a comprendere qualcuno, deve soffrir le trafitture che gli dà il cilizio di tutte le sue acutissime minuterie.

Diana è una giovane scrittrice avventurosa, attaccata per ora a Sàrcoli, pittore, letterato e caricaturista.

Scelzi: Ma no, che signori! Sono io, Pietro, con Diana e Sàrcoli!

Pietro: Ah, voi... Avanti, Scelzi, avanti! Voi siete amici di Délago e miei!

Scelzi (*sorpreso e deluso, scorgendo ****): Oh! È qua lei, Maestro?

Guardando i due compagni:

E allora...

Pietro: Allora, che? È mio zio, non lo sai? L'abbiamo qua di nuovo in vacanza da una ventina di giorni.

Scelzi: Già, ma...

di nuovo guardando i compagni

allora non sarà vero.

Sàrcoli: Direi che, per lo meno, non è più probabile.

Pietro: Che cosa?

Scelzi (*a Sàrcoli*): Hai costì il giornale?

Sàrcoli (*porgendoglielo*): Sì, eccolo.

Scelzi: Esser venuti fin qua...

A questo punto Diana scoppia a ridere, non potendo più trattenersi, specie per l'aspetto estivo del Maestro.

Sàrcoli: Oh! Finiscila, Diana!

Diana (*seguitando a ridere, indica il Maestro, e fa, più col cenno che con la voce*): Lui... lui...

Sàrcoli: Che, lui? Eh, lo vediamo...

Pietro: Che ha da ridere?

Diana: No, non volevo... Scusi, Maestro, rido di loro... come son rimasti... s'aspettavano... ed ecco lei, invece... mi scusi, oh Dio, con un'aria...

lo mira un po' e scoppia a ridere

ohi, ohi, ohi... ah! ah! ah!

Pietro (*urtato, balzando in piedi*): Oh, basta!

Veroccia (*sdegnata*): Questo, poi!

Natascia (*stordita*): Ma che vuol dire?

Scelzi (*furioso, investendo Diana*): Smetti, bada, o ti zaffo la bocca con un pugno!

Diana (*frenandosi*): Sì, sì, basta, basta... Si capisce... la gioventù... qua in vacanza...

Sàrcoli (*a modo di scusa, tentando di riparare*): Gioventù! Gioventù!

Scelzi: È da imbecilli, che gioventù! Io sono una persona seria!

Sàrcoli: No, veramente, scusa, il contrasto... - salvando tutti i meriti del Maestro...

Pietro: Ma insomma, si può sapere che siete venuti a far qua?

Veroccia: È incredibile!

Scelzi: Niente! A fidarsi! M'hanno assicurato che avrei sorpreso oggi qua, nascosto da te, Délago!

Pietro (*balzando e guardando istintivamente ****): Délago?

Veroccia (*smarrita*): Oh bella... 1

Sàrcoli: Ma sì, «*retour d'Amérique*». E stampato in quel giornale!

Scelzi (*porgendo a Pietro il giornale*): Toh, leggi: segnalato il suo sbarco a Genova (*indicando il punto*) qua, tra gli arrivi d'America!

Pietro (*guardando*): Col «Roma»? Ma che! Io non ne so nulla. Chi ha potuto dare questa notizia?

Natascia (*impassibile, seguitando a ricamare*): Col «Roma»? Ma: tu hai ricevuto, proprio questa mattina, col «Roma», una sua lettera da laggiù.

Pietro (*con un viso ardente, beato, di stupore e d'ammirazione, mostrando a Veroccia e allo zio Natascia che così placidamente salva la situazione*): E sembra la più saggia! Guardatela! Come trova tutto con calma!

Si china e la bacia. Poi, agli altri:

Questa mattina, appunto, una sua lettera. Figuratevi, se può essere arrivato! Col «Roma», eh già, appunto, col «Roma»!

Natascia (*c.s.*): C'era sulla busta... stampigliato...

Sàrcoli (*a Pietro*): Ma c'è anche una nota nel giornale, guarda: «Il poeta Délago in Italia». E dice che l'hanno veduto, riconosciuto...

Natascia (*c.s.*): E allora è qua, cercatelo!

Pietro: Eh già, nascosto a mia insaputa!

Veroccia (*guardando* ***)*:* Come in un disegno per bambini! «Trovare Délago.»

Sàrcoli: Voi scherzate?

Pietro: Che volete che vi dica, se lo volete qua a tutti i costi!

Scelzi: Che! Basta guardare il sorriso soddisfatto del Maestro...

*** ... per comprendere che Délago non può essere qua. Ma perché poi «soddisfatto»?

Sàrcoli: Ah sì? Lei avrebbe piacere di veder qua Délago in mezzo a noi giovani, festeggiato, esaltato?

Veroccia: Sicuro! Più che piacere, gioja! E lo possiamo affermare noi, meglio di tutti! Come se festeggiaste ed esaltaste lui stesso!

Diana: Questo è bello da parte sua!

Pietro: Bello? Coerente: la pubblicazione delle liriche di Délago si deve a lui!

*** No, questo è merito tuo...

Pietro: Il lancio che n'ho fatto, sì; ma il consiglio di farmene editore, qua e non in America, me lo desti tu, c'è poco da dire.

*** Ma naturale...

Natascia (*c.s.*): È la verità.

Pietro: Io gli portai in fondo, venendo da laggiù, cose di cui non potevo riconoscere il valore...

Veroccia (*indicando* ***): Fu lui!

Pietro: ... liriche d'un giovane ignoto, di sangue nostro, che aveva saputo durare fedele laggiù, alla lingua nostra: mi consigliò lui di stamparle, e mi convinse che lanciarle in America non avrebbe avuto lo stesso effetto che qua da noi.

Sàrcoli (*a* ***)*:* Ma lei previde che questa pubblicazione avrebbe acceso in noi giovani ... ?

***... tutta questa fiamma? No, - questo forse...

Sàrcoli: Ecco! Ecco! Lei non lo poteva prevedere, dico che noi giovani avremmo trovato in lui, finalmente, la nostra voce. Oh, non voglio dire con questo, che forse allora non gliel'avrebbe più consigliato! Ma era anche umano, via, che lei non lo potesse prevedere. Eppure, sa? che questa voce, lui Délago, l'abbia trovata per tutti noi laggiù in America, nell'urto delle forze nuove, ha il suo significato!

Pietro (*seduto, cingendo con un braccio la vita di Veroccia e posando una mano sulla spalla di Natascia*): Tu lo senti - senz'essere mai stato in America, eh? - solo alla presenza di noi tre!

Sàrcoli: Ma sì: Russia, America, umanità che rivègeta! - Ah, ma ora basta, però, di stare laggiù: bisogna assolutamente che, Délago venga tra noi! E spetta proprio a te di farlo venire, a qualunque costo!

Scelzi: Sì, ecco, a questo credo che tu lo debba ormai persuadere!

Diana: Costringere! costringere!

Sàrcoli: Non deve più restare lontano! non può! Perdio, saprà l'incendio che ha fatto divampare!

Diana: L'aspettiamo come il Messia!

Pietro: Eh, ma per tutto quest'anno...

Veroccia: Non verrà! Non verrà! Partiremo noi! Spianteremo questa baracca, e andremo tutti a raggiungerlo laggiù!

Dirà questo, infilando un braccio sotto il braccio di ***.

Scelzi: Anche lei, Maestro?

*** Io non ho veramente da raggiungere nessuno...

Scelzi: In che senso, scusi? Non sono un esaltato come gli altri; ma che Délago sia proprio andato avanti a tutti, guardi che io ci credo sul serio: avanti, da non poterlo veramente raggiungere più nessuno della vecchia generazione. Questo è poco ma sicuro. Ci possiamo mettere la pietra sopra. Eh sì! - Io posso non ammirare in Délago tante cose - e non le ammiro: tutt'altro! - ma trovo in lui un innegabile superamento di quanto è stato fatto finora. Basta guardare soltanto il suo «modo» - non scherziamo! «Modo», dico, nel senso musicale della parola. Questo suo «modo» - e dunque tutta la sua lirica - è nuovo: ritmo d'un respiro nuovo (eh, perché vita che pulsa dentro altrimenti!) e fa ormai avvertire il vostro, come un respiro a vuoto, incoerente. Avrà sentito anche lei che questa è davvero altra vita?

*** Ho sentito, sì, che è - è - vita...

Scelzi: ... con una voce «sua», che supera e fa tacere ogni altra. E dunque via! A questo ci si deve ormai rassegnare.

Rivolgendosi a Pietro:

Come noi, adesso, ad aver fatto questo viaggio inutilmente. Oh sai che stai lontano? Si vede che sei proprio venuto dall'altro mondo.

Veroccia: E ci torneremo! ci torneremo!

Scelzi: Che! Storie! Persuadete Délago piuttosto che lasci tutto davvero e venga qua -

Sàrcoli: - che non si può più stare ormai senza di lui! Ce l'avevi promesso! Perciò noi abbiamo creduto leggendo sul giornale il suo arrivo.

Scelzi: S'era venuti - io, a intervistarlo; lui, a fargli un disegno.

Diana: Io a bevermelo tutto con gli occhi!

Sàrcoli: E siamo corsi fin qua per i primi! Vedrai quant'altri verranno!

Pietro: Ah no, per carità! Vi prego di smentire subito la notizia!

Sàrcoli: Hai voglia! Fino a domani!

Diana: Si precipiteranno qua tutti!

Pietro: Metterò subito un cartellino all'entrata della villa!

Scelzi: Non ci crederanno!

Sàrcoli: Forse, se aggiungi che hai qua ospite il Maestro...

*** Ecco: tutti i giovani, allora...

Sàrcoli: No, scusi, Maestro: dico perché ha già fatto l'esperienza su noi

*** ... che non ci può essere lui, se ci sono io, si capisce.

Scelzi (*salutando*): Signora... Signorina... Riverisco, Maestro... Addio, Pietro...

Anche gli altri salutano. E Scelzi, Sàrcoli e Diana vanno via. Pietro, Veroccia e Natascia restano per un momento a guardarsi tra loro, divertiti.

Pietro: Oh bella! Chi sarà stato a spacciarsi a Genova per Délago?

*** Ancora un'altra impostura!

Natascia (*a Pietro*): Ah, non l'hai data tu, la notizia?

Pietro: Io, no!

A *** scrollando le spalle:

Impostura... Si deve per forza, scusa, dare a credere che Délago possa arrivare da un momento all'altro dall'America, e si deve pure inventare...

*** ... ma sì! E ne profittate bene, mi pare. E con che gusto! Dovreste anche però non abusare tanto di me!

Veroccia: Noi? Di te?

*** Sì - dell'impossibilità in cui mi trovo di gridare. -

Pietro: Oh, senti! Gridare! Vorresti svelare? E non siamo stati - tutti finora d'accordo ... ?

Veroccia (*insorgendo*)*:* E dici anche a me, approfittare che non puoi svelarti?

*** No! Dico che almeno, via, non ci dovreste tanto scherzare, davanti a me!

Veroccia: Io, scherzare? Io t'ho quasi svelato!

*** (*seguitando rivolto agli altri*)*:* Appunto, provar questa voluttà, fin quasi di svelarmi, tanto siete sicuri che nessuno può credermi Délago -

Pietro: - uh, poi, voluttà... -

*** - sì, sì, sfrontata - e per me, beffarda - come un'incolumità che vi faccia felici di tradirmi sotto gli occhi, di spogliarmi della mia vita per vestirne un altro!

Veroccia: Ma se io voglio, anzi, che tu sii, sii Délago per tutti! La senti tu, quest'impossibilità, perché ci vuoi star nascosto! e ora che ti ci senti soffocare, gridi!

Pietro: E come se poi quest'altro non fosse lui stesso, devi dire!

*** Non è vero! Io stesso? E non hai visto? Non posso essere «io»! Non devo essere «io»!

Veroccia: Perché non devi? Gridalo tu stesso a tutti che Délago sei tu!

*** Ah si? Vuoi che lo gridi? E non capisci che allora l'uccido?

Veroccia: Chi uccidi?

*** Délago!

Veroccia: E perché?

*** Ma perché io non sono il Signor Nessuno - io sono QUALCUNO, te l'ho detto - «Io», ecco, «quale sono per tutti», e non posso essere un altro! Se mi scopro Délago è finito: diventa una mia maschera, non capisci? una maschera di giovinezza, che mi sia messa per burla! -

Con rabbia di passione:

Non deve essere sangue mio, non dev'essere vita mia, non deve appartenere a me quello che è mio; tu, tu Veroccia, viva mia, giovinezza viva mia! No! No! Tu devi essere di Délago, e non mia! Hai capito adesso?

Agli altri:

Ma voi almeno non vi divertite a inventarlo tanto davanti a me, non me lo fate consistere tanto, da rendermene geloso! - Sì, sì, geloso! geloso! - Lo capite quello che fate! Avete visto? Me lo fate aborrire! Me l'hanno messo contro! Me lo hanno piantato davanti, a petto! È lui il vivo! e uccide me, lui! Li avete intesi? «*Questo è poco, ma sicuro. Ci possiamo mettere la pietra sopra.*» - Mi han seppellito! ecco, seppellito! L'ha lui *la voce nuova* - e m'ha messo a tacere! - Ah, ma io me lo ripiglio! io me lo ripiglio! Quello ch'è mio me lo ripiglio! Lasciate fare a me, e vedrete se tra poco non me lo ripiglio!

Li guarda.

Ora mi guardate, come chi dà un'occhiata contro il sole... Ma non ve lo dico, no. Non vi dico più nulla. Lasciate fare a me!

Si ode a questo punto come uno squillo di tromba, glorioso. ***, udendolo, smuore all'improvviso. Gli altri guardano sorpresi.

Eccoli. Vengono a prendermi.

Veroccia: È l'automobile? Oh bella, suona così?

Pietro: Strano! M'è parso uno squillo di tromba.

*** (*con amarissima ironia, immobile, con gli occhi fermi*): Sfido. Viene la gloria. Come vuoi che s'annunzii? Si libra alata sul petto di mia moglie, e non può che sonare la tromba.

Pietro: Che che! Saranno altri matti che vengono a suon di tromba per Délago. Guarda, guarda dalla finestra, Veroccia.

E fa cenno con la mano davanti a sé.

Veroccia che si troverà infondo, si dirigerà verso il proscenio, dove Pietro indica la finestra; e, man mano che avanza, dall'alto calerà la facciata della villa con le finestre in due ordini. Ma il cenno di Pietro e la direzione presa da Veroccia nel muoversi non corrisponderanno al punto in cui la finestra dello studio realmente si trova nella facciata. Se ci son quattro finestre, due sopra e due sotto, Veroccia si affaccerà dalla seconda a destra di quelle di sopra, perché realmente a guardare ora la villa da fuori, lo studio di Pietro si troverà là.

Veroccia (*affacciata alla finestra, guardando in basso*). Sì, sì, proprio loro

a di no con la mano alla domanda di Pietro se per loro intende i giornalisti.

No, no. I suoi parenti.

Poi séguita a guardare e annunzia:

Ma con altri. Son cinque. Tito è davanti. Ecco, scende l'editore, come si chiama? Modoni E ora un signore che non conosco. Aspettate... Ah, sì, uh! è Sua Eccellenza Giaffredi... Ecco ora Valentina. E ora fanno scendere la zia.

Alza le bracciaguardando in alto per trarre un profondo sospiro, come a beversi il cielo.

Ah peccato! Con una mattinata di sole così bella!

(Si ritrae dalla finestra).

La facciata è tirata sù. Siamo nell'atrio della villa, dove or ora sono entrati gli ospiti annunziati da Veroccia alla finestra. Saranno tutti dapprima con le spalle voltate al pubblico, perché si suppongono entrati dal proscenio, dove, in corrispondenza delle finestre già viste nel muro esterno, s'immagina l'entrata della villa. Giovanna, la moglie, è statuaria, formosa ma rigida personificazione della gloria ufficiale del marito: fronte bassa, austeri occhi ovati, dalla guardatura solenne; robusto

19

naso imperioso; mento solidissimo; veste pomposamente di nero e d'argento. Valentina, la figlia, ormai sui trenta, pare inaccostabile, come una figura calata da un quadro, dipinta con superbo e meticoloso artificio. Ha l'aria trasognata. Tito, il figlio, è robusto, intozzato su di sé; cupo e bilioso; quando ha detto «papà» ha detto tutto. Sua Eccellenza Giaffredi, Ministro di Stato, è sulla cinquantina, grigio, galante ma per nulla affettato. Tratto autorevole ma sorridente, da personaggio di riconosciuta superiorità che non può ammettere non gli si obbedisca; abituato a vivere nelle alte sfere della finanza e della politica, è, qual amico di casa, protettore e condiscendente; scusa gli umori e le bizze dei letterati, che magari lo divertono, purché poi facciano come vuol lui. Modoni, l'editore, è sui sessanta, grasso, con una testa caratteristica da israelita intelligente; furbo, fa il magnanimo, ma è rapace.

Giaffredi: Ah, ma è proprio bello qua!

Giovanna: Sì, amico mio; ma poco merito, coi soldi che hanno...

Modoni: Molto molto ricco, eh?

Valentina: Pare...

Tito: Eh, non vi basta il lancio di «Dèdalo», per prova di come butta via i denari?

Modoni: Già già... Ha saputo lanciarlo... C'è poco da dire!

Giovanna: Ma com'è che non scende ancora nessuno? Non sarà il caso di far risonare la tromba?

Giaffredi: là proprio un nipote?

Giovanna: Ma sì, figlio di un fratello!

Tito: Cosa inaudita! Lo stesso cognome...

Giaffredi: Perché inaudita?

Tito: Farsi lui - col nostro stesso cognome - editore di questo «Dèdalo»!

Valentina: Délago, Tito.

Tito (*correggendosi*): Délago! Délago!

Valentina (*irritata*): Ma facci caso! Dici sempre «Dèdalo»!

Tito: Lo faccio apposta!

Giovanna: Ancora qua, signori miei, nel mezzo di una stanza; e nessuno che venga a dirci «s'accomodino»... Sarà bello, amico mio, ma a me non par l'ora di levarne i piedi. E poi, non c'è tempo da perdere. Su, su, andate su voi, Modoni. Il manoscritto.

Modoni: Eccolo qua!

Giovanna: Bell'affare! Certe bili ci piglio, solo a vederlo! Via via!

a Giaffredi:

Che non se ne parli, anzi, davanti a me, per me è meglio, amico mio. Direi cose di fuoco!

a Modoni:

Fermo eh? Senza remissioni. No, no e no!

Modoni: Ma non credete che sarebbe meglio salisse con me anche Sua Eccellenza?

Giovanna: Voi avete col vostro contratto abbastanza autorità, Modoni. Fatela valere, e basta!

Giaffredi: A un bisogno, se occorre, verrò su anch'io, Modoni; ci parlerò io. O che scenda lui... Perché non scende?

Modoni (*col grosso manoscritto sulle mani, quasi soppesandolo*). Voi lo capite, Eccellenza, con quello che so che si sta preparando, per me, rinunziare... Il cuore mi sanguina, parola d'onore! Ma basta! Io non ho guardato mai all'interesse. E spero che lui lo comprenderà.

E va su per la scala.

Giaffredi: Non transigete! Non transigete! E tenete a mente che, al caso, ci sono qua io!

Giovanna: Poverino, è vero: era tutto felice... L'opera nuova, aspettata come la manna...

Tito: Che doveva essere il contr'altare...

Giaffredi: E questo tradimento! È incredibile!

Tito: Incredibile!

Giaffredi: Scusate, Giovanna...

Se la tira in disparte.

No, io dicevo, se è così tanto ricco e... parente, nipote... non ci sarebbe da tentare ... di fargli buttar all'aria questa sua baracca di editore e questo suo Délago ...

Giovanna: Sì, e come?

Giaffredi: Ma... penso... non potrebbe essere, per esempio, un partito conveniente per la nostra Valentina?

Giovanna: No, Dio liberi, che dite, amico mio! È venuto dall'America in compagnia di due giovani bandite russe, ripescate laggiù...

Giaffredi: Questo non vorrebbe dire... se si potesse...

Giovanna: Come non vorrebbe dire? N'ha sposata una!

Giaffredi: Ah, n'ha sposata una...

Giovanna: E poi con questo che ha fatto; ma vi par poco? Viene qua espressamente dall'America - eh, Tito?

21

Tito (*appressandosi*)*:* Eh, mammà?

Giovanna: Sua Eccellenza diceva di Pietro,

piano:

per Valentina...

Tito: Se è sposato!

Giaffredi: Non lo sapevo. Quantunque, peuh, i matrimoni, in America...

Tito: Un divorzio? Che! innamoratissimo! Si sono uniti... C'è anche la sorellina... Tre pazzi...

Giovanna: E poi, io gli dicevo, con questo che ha fatto...

Tito: ... già - viene espressamente per conoscere papà - e spunta come un fungo, editore dei giovani - strombazzatura all'americana - *pim*! *pam*! - Délago, Délago! - Contro papà.

Giaffredi: Ma chi è poi questo Délago?

Tito: Uno di laggiù - suo amico! E il bello è questo, Eccellenza: lo mettono contro papà, e io posso provare - *provare* - che è uno che ha letto papà! che copia papà!

Scende Pietro allegramente dalla scala.

Pietro: Ah, ecco qua Tito col suo «copia papà»!

Tito: Lo copia! sì, lo copia! e t'ho detto che posso provarlo, e indicare dove, e quante volte, punto per punto!

Valentina: Tito ha avuto la forza di leggerlo tutto - spassionatamente.

Giovanna (*come se Tito avesse fatto una cosa incredibile*)*:* Ah sì, tu? Da vero?

Tito: Sì, io, io, e ho trovato i plagi! più di cinque!

Giovanna (*a Giaffredi*)*:* Ecco! Sentite? E ora si dovrebbe vedere una tale enormità!

Pietro: Già! un bel caso! Ho saputo su! Che è lui, invece, lui a imitare Délago adesso, nel suo nuovo libro! Modoni è inconsolabile! Un trionfo! Un vero trionfo per Délago e per me!

Giovanna: Ah, no, caro! aspettate a dire trionfo! Ci siamo qua noi, e siamo venuti appunto per questo. Questo suo nuovo libro non si pubblicherà!

Pietro: Ma se non lo pubblica Modoni, lo pubblico io! lo pubblico io!

Giaffredi (*imponendosi con tutta la sua autorità, reciso*): Lei se ne guardi bene! Lei non pubblica niente!

Pietro: Chi è lei, scusi, in casa mia?

Giaffredi: Non ci pensi nemmeno, non ci pensi nemmeno!

Giovanna: È Sua Eccellenza Luciano Giaffredi, Ministro di Stato!

Pietro: Onoratissimo. Ma io, sa, sono nato in America.

Giaffredi: Ah si vede, in America.

Pietro: Ma cresciuto italiano fino al punto che ho obbligato mia moglie e mia cognata, straniere, a imparare e parlare la lingua nostra. E la parlano meglio di me.

Giaffredi: Russe, eh?

Pietro: Russe, sissignore. Ma niente politica, e tutto in regola. E io le ho detto che son nato in America, perché intenda che per me esser Ministro di Stato...

Giaffredi: Lei ignora che io non ho bisogno di prendere autorità dal mio titolo, per farmi custode oggi qua, con la famiglia e col Paese, d'una fama consacrata da tutta una generazione, e a cui non è lecito recare offesa, nemmeno a lui stesso,

indica lassù,

proprio nel momento che la Nazione, su mia proposta, si prepara a onorarlo, festeggiando solennemente il cinquantenario della sua nascita.

Pietro: Ne sono lieto e orgoglioso come nipote; ma non sarà lecito neppure a nessuno proibirgli per questo di pubblicare, se vuole, il suo nuovo libro.

Giaffredi: Sissignore, glielo proibiamo noi, e lecitamente, per il rispetto che abbiamo di lui e del suo nome.

Pietro: Ah senti! Bel rispetto!

Giaffredi: Perché Egli non può perdere la testa nel momento stesso che sta per essere incoronata.

Pietro: Incoronata? Come incoronata? Ah, l'incoronano ... ?

Giaffredi: Oh sa, non d'una retorica corona d'alloro, come si dànno in provincia ai cantanti, o s'appendono ancora ai monumenti. No: d'una vera corona nobiliare, che il Paese gli offrirà in riconoscimento della sua gloria nazionale. Corona di conte.

Giovanna: Trasmissibile!

Pietro (*freddo*): ... ah...

Guarda Tito.

Così, poi, il Conte sarai tu...

Tito: E t'assicuro che io saprò rispettare...

Pietro: Lo credo bene! Lo credo bene! E lei, Contessa,

23

e s'inchina a Giovanna

e tu, la Contessina

e s'inchina a Valentina

a patto che egli s'arrenda a non pubblicare quel suo nuovo libro.

Accenna con la mano su, per fare intendere che si tratta del manoscritto recato su dall'editore.

Ho capito.

Giaffredi: Quel suo nuovo libro - perché lei lo sappia - è stato letto, vagliato, esaminato parola per parola da tutti i suoi amici e ammiratori più fedeli e affezionati, che sono una schiera - e tutti l'hanno giudicato -

Pietro: - infetto, contagiato dalla nuova ispirazione giovanile di Délago - e allora *défendu* - benissimo *oké! oké! ollràit!*

Piroetta.

Giaffredi: Egli non deve più vaneggiare in tentativi incoerenti, alla sua età!

Giovanna: ...e dar questo spettacolo, d'abbassarsi a raccogliere...

Tito: ... la voce dei nemico, e a farsene eco - lui!

Giaffredi: Deve rientrare in sé! Composto nella sua fama già stabilita e tutta ben delineata. Se ancora qualcosa vorrà dire dopo quello che ha detto, dev'esser lapidario - lapidario.

Spunta in capo alla scala Veroccia, tutta accesa di sdegno, e chiama aggrappata al parapetto.

Veroccia: Pietro! Pietro! Vieni su!

Giovanna (*Voltandosi a guardare*)*:* Ma che cos'è? Dove siamo?

Veroccia- -E una sopraffazione! Vieni su! Vieni su!

Pietro: Eccomi! Eccomi!

E si spicca per salire a sbalzi la scala da cui scende placida e seria Natascia.

Giovanna: Ah, ma vado su anch'io, allora! Questa è una congiura bella e buona!

Giaffredi: No, lasciate! Lasciate andar me, Giovanna! Vado io!

Giovanna: L'hanno imprigionato! Non vedete? È levato di cervello!

Giaffredi: State tranquilla, state tranquilla, che lo farò io rientrare in sé!

S'avvia.

Giovanna: Ma fatelo anche venir giù, vi prego; che si vada via subito tutti! Io non posso più vedermi qua!

E come Giaffredi, salita la scala, scompare, voltandosi ai figli:

La meraviglia è di lui, che viene a consegnarsi qua, in una casa di pazzi e di nemici!

Natascia (*senza scomporsi*): Grazie, zia, per l'ospitalità e le cure che gli abbiamo date. Egli è molto malato, se volete saperlo.

Giovanna (*scrollando le spalle*): Malato... malato... Questa è stata la scusa per venirsi a imbecillire qua!

Natascia: Non scusa. È malato davvero.

Giovanna (*senza dare alcuna importanza al male*): Sì, soffre un po' di cuore...

Tito (*preoccupato*): Non si sarà mica sentito male, su, adesso ... ?

Natascia: Oh, no. Di cuore, no. D'un male - terribile - quando ripiglia a una certa età.

Valentina (*urtata*): Ma che male?

Natascia (*placida*): La giovinezza, cugina!

Valentina: Glielo avrete attaccato voi, questo male!

Natascia (*c.s.*): Ah, può anche darsi, noi.

Giovanna (*stupita, guardandola*): Come lo dice!

Natascia: Ma doveva anche averlo in sé, lui. Io lo dico, come si dice la verità. E dico anche che voi tutti - che credete noi suoi nemici - siete voi invece, i suoi nemici.

Giovanna: Ah noi? E avete la sfrontatezza di affermarlo davanti a me?

Natascia: Non la sfrontatezza, il coraggio, perché è la verità. Voi commettete un delitto in questo momento; vivete sopra di lui, tutti, e lo soffocate.

Giovanna: Basta! Basta!

Tito: È inaudito!

Valentina: Bisogna andar via!

Giovanna (*a Tito*). Va' subito su: digli che qua mi si insulta e che, se non scende subito, io vado via!

Tito va su anche lui.

Natascia (*sempre placida*): Impossibile che scenda subito. Bisogna dargli il tempo di rivestirsi da vecchio. Si stava rivestendo - ma è salito il signor Montoni...

Valentina, al «Montoni», scoppia a ridere di rabbia.

Giovanna: Modoni! Modoni! E il suo editore, e, per vostra norma, il primo editore d'Italia!

Natascia: Sarà lecito a me, straniera, ignorare queste cose.

Giovanna: E a noi allora cacciarvi, se volete immischiarvi - stranieri - nelle cose nostre!

Scendono dalla scala, vociando, infuriatissimi, Modoni, Pietro, seguiti da Giaffredì e da Tito.

Modoni: Ah, no! Ah, no! Questo non sarà mai! E quand'è così, ecco, me lo ripiglio!

e strappa di mano a Pietro il manoscritto.

Pietro (*afferrandolo*): Di prepotenza? Ah perdio, no! Lei me lo ridà!

Modoni: Non glielo ridò! Non glielo ridò, se osa negarmi...

Pietro: Lei me lo ridà, perché me l'ha consegnato lui stesso!

Giaffredi: Ma sì, Modoni, ridateglielo! Tanto, non potrà far nulla di questo manoscritto!

Tito: Non può mica pubblicarlo!

Pietro: Non posso, certo! Se lui non vuole...

Modoni: No! Lei non può, perché io ho un contratto d'esclusività - ha capito? - per tutte le sue opere passate, presenti e future!

Pietro: Anche col diritto di proibirgli di pubblicare da un altro editore un libro che lei gli rifiuta? Ah no questo diritto, caro signore, lei non può averlo!

Modoni: Ma io non glielo rifiuto per me, che mi va contando? Io glielo rifiuto per lui! Per il suo stesso interesse! Il mio sarebbe di pubblicarlo! Sono loro, i suoi amici qua, Sua Eccellenza, la famiglia, tutti, a impormi di non pubblicarlo, per non suscitare uno scandalo che per me sarebbe, al contrario, quel che Dio può mandare; e lei, americano, lo sa! Perdio, sono una vittima e mi si fa apparire un soperchiatore? Ecco qua a lei il manoscritto, se lo prenda!

E lo butta sdegnato in mano a Pietro.

Giovanna: Ma che cos'è? Che cos'è avvenuto?

Giaffredi: Niente, Giovanna; ora vi dirò!

Tito (*piano, alla madre per rassicurarla*)*:* Stai tranquilla! Ottenuto.

Giaffredi (*a Modoni con tono di riprensione*)*:* Siete stato voi stesso, scusate, Modoni, a dare per primo a noi tutti l'allarme...

Modoni: Ma sì, non lo nego, perché ho provato io stesso sgomento, leggendo - lo confesso - e rispettoso come sono del mio massimo autore, il mio dovere era d'avvertirne la famiglia, gli amici... Ma tutto questo, perdio, contro il mio interesse! Ora capirete che non potrei tollerare che un altro se

26

ne debba profittare!

Giovanna: Ah, siamo ancora dunque ... ?

Giaffredi: No!

Tito (*contemporaneamente*): No!

Giaffredi: Nessuno si profitterà, state sicuro, Modoni! Lui stesso si è arreso - basta! Non solo per noi, ma anche per soddisfazione di tutto il Paese che gli vuol bene e che saprà mostrarglielo!

Giovanna: Ma allora... questo manoscritto?

Pietro (*fieramente*): Resta qua, a me! Affidato a me!

Giovanna (*con sorpresa*): Ma no! Perché?

Giaffredi: Lasciate! Ha voluto così, che qua lo leggano... Non gli si può impedire. La cosa non ha importanza. Non possono far nulla...

Giovanna: Ma possono provare il gusto di mostrare a tutti i proseliti del nuovo autore, quanto lui s'era avvilito...

Natascia: Non abbia questa paura, signora, perché per noi, lui non s'è per nulla avvilito...

Pietro: Brava Natascia!

Giaffredi: Per noi, invece, questo libro è il sintomo d'una deplorevole irrequietezza, causata certo da un momentaneo smarrimento. Soffre, non si può negare. È indebolito. Come gli ho posato le mani sulle spalle per ringraziarlo, alla fine, d'essersi arreso, ho sentito proprio - vi giuro - le sue ossa quasi lasciarsi andar giù tutt'insieme. (Bisogna, amica mia, sorvegliargli il cuore.)

Tito: Eccolo che scende!

*** appare sulla scala, non più come s'è visto in principio, ma quale è naturale che tutti s'aspettino ch'egli sia divenuto, dopo quanto s'è udito sulla scena dall'arrivo dei parenti e dell'editore e dell'amico. Apparirà cioè come rientrato nella sua immagine immutabile, a tutti universalmente nota, quella che il pubblico ha già vista nel ritratto ingrandito dello studio. E naturale apparrà anche, che gli siano davvero ricresciuti i capelli. L'attore si sarà messo infatti nel frattempo una nuova parrucca; ma sarà bene che da principio, mentre scende la scala, le ciocche lunghe, che gli si ripiegano in forma di ali cadenti, dietro gli orecchi, siano nascoste dentro il suo famoso cappello a larghe tese; e questo, per la ragione che si vedrà appresso. Tutti si moveranno verso il fondo, in silenzio e come sospesi, mentre egli lentamente scenderà la scala, pallido e come insordito in una rigidezza di pietra.

Quand'egli avrà disceso tutta la scala, apparirà in cima Veroccia, con gli occhi gonfi e rossi di pianto, e s'aggrapperà alla ringhiera come per trattenersi e resistere a quello che prova. L'uscita della villa s'immagina, come s'è detto, verso il proscenio.

Giovanna (*facendosi avanti*): Tu sei un po' sofferente?

Giaffredi: Ma no, ma no! adesso è passato, non è più niente. Andiamo.

Giovanna: Aspettate. Dio, che hai fatto dei tuoi capelli, caro?

Gli leva il cappello e gli passa la mano sui capelli, prima da un lato e poi dall'altro e allora le ciocche ad ali cadenti pare che ricrescano sotto le mani di lei. Ella lo guarda e tutti lo guardano.

Ecco: così è la tua testa.

E allora, lui avanti, e tutti gli altri dietro, si muovono con la solennità di un mortorio verso il proscenio. Se non che, dall'alto della scala, scoppia, come a tradimento, il grido frenetico di Veroccia.

Veroccia: Viva Délago! Viva Délago!

Egli s'arresta un attimo, come colpito alla schiena, e apre con strazio atroce, appena appena, le labbra pallide e rigide a un sorriso di spasimo e di gioia.

Giovanna: Questa è un'improntitudine!

Giaffredi: Una tracotanza!

Veroccia (*c.s.*): Viva Délago! Viva Délago!

Giaffredi (*a Pietro, che ride, felice*): Ma la faccia tacere!

Giovanna: Andiamo! Andiamo! Tu non metterai più piede in questa casa!

Egli séguita ad andare verso il proscenio senza affrettarsi, con tutti dietro, e mentre Veroccia seguita a gridare come in una convulsione, sempre più frenetica: «Viva Délago! Viva Délago!» aggrappata, contorta sulla ringhiera della scala, cala lentamente la

Tela

ATTO SECONDO

La biblioteca di *** nella sua casa antica. Aria corrotta dalle vecchie stampe e da quel rigido che hanno le chiese. Senso stagnante di solenne oppressione. Tutte le pareti sono coperte da scaffalature di libri; e i due usci nelle due laterali e il camino in quella di destra, (dell'attore) prima dell'uscio, vi sono inseriti; in quella di fondo è, nel mezzo, come una nicchia, in cui è inserito il seggiolone di *** che ha davanti un'ampia tavola massiccia rettangolare, sovraccarica anch'essa di libri e sparsa di carte, con una grande lampada da una parte, e dall'altra, sul davanti, una mezza figura in marmo di *** un po' minore del vero, che rappresenta la testa e il braccio destro che la sostiene, a pugno chiuso sulla tempia. Davanti la scaffalatura della parete sinistra c'è un gran divano di cuojo, un po' sciupato, e due poltrone anch'esse di cuojo, con un tavolino in mezzo; due poltrone sono anche davanti il camino nella parete destra. Corre a tre quarti d'altezza delle scaffalature un palco praticabile, tutt'in giro alla biblioteca colla sua ringhiera di legno. In questo palco, tra i libri, quattro ritratti di poeti simmetricamente disposti, due nella parete di fondo e uno in ciascuna delle laterali, ritratti dipinti sugli sportelli, che si possono aprire, di quattro riposti della biblioteca, ove s'immaginano conservati libri rari e preziosi. Anche questi quattro riposti (che s'intravederanno appena, perché gli sportelli sul palco si potranno aprire fino a un certo punto, impediti come sono dalla ringhiera) saranno praticabili, per la ragione che poi si vedrò. I quattro ritratti saranno quelli di Dante e dell'Ariosto, l'uno a destra e l'altro a sinistra, sugli sportelli della parete di fondo; quello del Foscolo sullo sportello della parete destra e quello del Leopardi su quello della parete sinistra.

Al levarsi della tela si vedrà, in una luce molto gialla e pur soffusa di viola, calda e densa - luce malata e soffocata - innaturale - di sogno - *** dormire sul suo seggiolone, il braccio destro appoggiato al bracciuolo, a sostegno della testa, nello stessissimo atteggiamento del busto sul davanti della tavola, a sinistra. Parrà di cera: il fantoccio ideato da Veroccia, posato lì, davanti la scrivania. Sul palco in alto si vedranno, come uscite vive dai ritratti sui quattro sportelli, le immagini di Dante e del Foscolo, dell'Ariosto e del Leopardi. In un silenzio assoluto, gesticoleranno a un tempo tutte e quattro vivacissimamente. Foscolo, acceso, con un braccio levato e la mano aperta, fa cenno a Dante d'incitamento a parlare per i nuovi destini d'Italia, come lui vorrebbe: ma Dante, fosco e sdegnato, scrolla urtato le spalle e con un dito teso fa segno di no, di no, energicamente. Dal canto suo il Leopardi scuote sconsolato la testa di qua e di là e apre con disperazione le braccia, come per dire che tutto è inutile e vano, mentre l'Ariosto, con un sorriso di sapiente indulgenza, fa col capo e le braccia all'infelice gesti d'esortazione: eh, via! sii mago a te stesso e consólati! - Questa scena durerà un momento, cioè finché non s'udrà bussare una prima volta all'uscio della parete destra. *** si scoterà appena, ma quanto basta per scomporre quel suo sogno di biblioteca; e difatti le quattro immagini dei poeti subito apriranno fin dove è possibile gli sportelli e si cacceranno dentro i riposti, richiudendoli. Si udrà di nuovo bussare all'uscio, più forte; e allora *** si riscoterà, ma resterà un po' incerto se abbia udito davvero bussare. In questo momento d'incertezza, quella morbosa luce si diraderà, si farà luce di giorno, fredda e normale:

*** Avanti.

Entra il vecchio cameriere Cesare, d'aspetto molto dignitoso, ma così preoccupato che parla con voce velata.

Cesare: Per Vostra Eccellenza, il commesso della nuova Casa di dischi.

* * * (*lo guarda, sta un po' a riflettere, poi dice seccato*)*:* Ma sì, fallo entrare.

Entra il commesso della nuova Casa di dischi con un grammofono portatile a valigetta, in una mano, e nell'altra sei dischi nella loro busta aperta.

Il commesso: Ossequio, Maestro. Le porto il disco «I miei quattro poeti».

*** Ah, già impresso?

Il commesso: Eh, un suo disco! Sentirà:

> posa il grammofono sul tavolino davanti al divano; e lo apre; e, mentre lo carica,

riuscito a perfezione, nitido; una bellezza. La Casa - (s'era rimasti tre, mi pare?) glie n'ha mandati sei - e se ne volesse altri...

> Ha finito di caricare e ora applica il disco.

*** Basta uno! Basta uno! È anche troppo.

Il commesso: Ecco pronto. (*Fa girare lo strumento.*)

Disco (*con la voce di ****): Dante.

> Pausa.

Ariosto.

> Pausa.

Foscolo.

> Pausa.

Leopardi.

> Pausa.

Quattro nature, nelle necessità del loro tempo, a cui debbono, anche a loro insaputa, obbedire. E se Foscolo può incitare Dante a parlare per i nuovi destini d'Italia, come lui vorrebbe; e se Dante, chiuso nelle sue passioni inesorabili, nega sdegnato...

*** Ah, basta! Stacchi! Stacchi! La prego!

Il commesso (*staccando subito*)*:* Non l'accontenta?

*** No, la mia voce - là chiusa - che parla così da sé... Va benissimo, non dico, ma mi è insopportabile. Lasci pure i dischi e ringrazii per me la Casa. Chi sa che davvero non mi serviranno...

Il commesso (*stordito*)*:* Come dice?

*** No, niente. Son veramente la voce di questa mia biblioteca.

Il commesso: Vedrà che andranno a ruba, Maestro! I miei ossequi.

*** A rivederla.

Il commesso s'inchina, e via col suo grammofono a valigetta. Si presenta Cesare, al solito, molto dignitoso, ad annunciare.

Cesare: Per Vostra Eccellenza -

******* (*scattando: urtato*): Oh, basta, con questa mia eccellenza!

Cesare: Me l'ha ordinato la signora.

******* Da quando t'ha dato quest'ordine, la signora?

Cesare, Da poco, Eccellenza. Anzi m'ha detto, in attesa d'altro titolo. Cosa di cui io, umilmente, da servo affezionato...

******* Va bene, va bene - chi c'è?

Cesare (*col tono di prima, forse un po' più velato, ma come se nulla fosse stato*): Per Vostra Eccellenza - un gruppo di giovani.

******* Giovani - per me? - Chi sono?

Cesare: Giornalisti, hanno detto.

Scelzi (*sporgendo, come nel primo atto, il capo dall'uscio*): Io, Maestro, con alcuni amici, se permette.

Nell'interno, davanti all'uscio, scoppia un frastuono di voci. Si riconosceranno quelle di Sàrcoli e di Diana; ma più violente saranno quelle del primo e del secondo giovine delaghiani.

Primo giovine: No, immorale! immorale!

Diana: Da ridere, via!

Sàrcoli: Bolla tutta una generazione!

Secondo giovine: E chi ha inteso poi canzonare?

******* (*a Scelzi*): Ma che vogliono?

Scelzi (*parandosi davanti all'uscio e ammonendo verso l'interno*): Oh, a patto che finisca il bailamme!

Cesare (*nel frattempo a ****): Vuole che li cacci?

******* No, aspetta.

Scelzi (*agli altri che entrano, accesi*): Parlerò io.

******* Un'invasione...

Sàrcoli (*buttandosi a dire con foga*): Sì, perché lei veda -

31

Scelzi (*dandogli sulla voce*): Basta, Sàrcoli!

Sàrcoli: No, con tutto il rispetto che gli si deve...

******* (*a Sàrcoli*): Veda che cosa?

Sàrcoli: Che non è lecito scherzare con l'entusiasmo dei giovani!

******* Io, scherzare? Non capisco. Che è accaduto?

Primo giovine: Vuol seguitare!

Secondo giovine: Ah no!

Sàrcoli: Basta! Basta!

Diana: Io ci ho gusto!

******* Va' va', Cesare.

E mentre Cesare come trasecolato nella sua dignità, va via, rivolgendosi ai giovani:

Insomma che cos'è?

Primo giovine: Siamo qua tutti sconvolti -

Sàrcoli - no, peggio: indignati!

******* Si osa parlare così davanti a me?

Secondo giovine: Indignati, sì, come per un'immoralità -

Primo giovine: - ma dici truffa all'americana, del signor Pietro -

*******Pietro? Che ha fatto? ,

Primo giovine: - una truffa! una truffa!

******* (*stordito*): - truffa...?

Scelzi (*insorgendo*): Oh, finiamola, perdio, con le parole grosse! Possibile che non ci si debba intendere nemmeno tra noi?

Diana (*scoppiando a ridere all'improvviso, come nel primo atto*): Délago... Délago...

Sàrcoli: Basta, Diana, o ti caccio via!

Diana È così buffo... così buffo...

******* (*andandole contro, fiero*): Che cosa è buffo?

Diana: Ma anche noi, Maestro... io stessa che ci ho creduto... Io anzi l'ammiro per questa colossale canzonatura...

*** Canzonatura? Che vuol dire? Io non so nulla!

Scelzi: Come, scusi! Non sa che suo nipote ha messo fuori stamane un nuovo libro di Délago?

*** Io, no! Pietro? Che libro?

Primo giovine (*in tono derisorio*): «LA VOCE NUOVA»...

Sàrcoli (*subito, porgendogli il libro*): Eccolo: «Nuove liriche di Délago»...

*** (*sorpreso, con esclamazione spontanea*): Ma questo libro è mio!

Tutti (*meno Scelzi, a coro*): - Eh, lo sappiamo! - Ormai! - Bella novità! - Lo sappiamo bene!

Scelzi (*mostrando un fascio di bozze che ha con sé*): Ne ho qua le bozze, guardi, mandatemi una settimana prima, per il lancio!

*** (*come tra sé, sbalordito*): ... pubblicato sotto il nome di Délago?

Primo giovine (*indicandolo agli altri*): Finge di non saperlo, oh!

*** (*c.s.*): ... ha osato far questo ... ?

Sàrcoli: Ma perché Délago è lei!

Secondo giovine: Vuol nascondersi ancora?

Diana: È inutile, sa, perché ormai ce l'ha detto...

*** Chi ve l'ha detto?

Sàrcoli e gli altri (*meno Scelzi*): Lui! - Lui! - Pietro! - Lui stesso!

*** (*quasi tra sé*): Sciocco... sciocco...

Scelzi (*come a parar le voci dei compagni*): Ma no! Aspettate! - Perché io prima avevo mostrato, discutendo, queste bozze a uno che aveva letto il manoscritto, e me lo vidi saltar su, tutt'acceso e trionfante, a gridarmi che il libro non era di Délago ma di lei, e che lei lo aveva rifiutato!

*** Rifiutato? Non è vero! Io l'avevo lasciato là -

Sàrcoli: - da Pietro? perché lo pubblicasse?

*** No! al contrario! Proibendoglielo!

Sàrcoli: Ah, sentite? - E allora è stato lui a farle il tradimento! Per seguitare la burla!

Scelzi (*gridando*): Ma non è vero! Che dite! Sono stato io, a metterlo alle strette!

*** E lui le ha confessato ... ?

Sàrcoli: Ma sì! La burla!

Scelzi (*mentre gli altri, indignati, ripetono*): - La burla! La burla!

e *** tra sé, con rabbia e amarezza stringendo le pugna, esclama:

- Sciocco... sciocco... sciocco...

insorgendo contro tutti

No! Pietro non ha detto burla! Tutt'altro! Ha voluto anzi difendere il libro e lei! Sono stato io a dimostrargli -

*** (*investendolo*): - che gli ha dimostrato lei?

Scelzi (*furioso, picchiando la mano rovesciata sul fascio di bozze*): - che qua, queste nuove pagine, sonavano false -

*** - ah? eh si sa! ora false!

Scelzi: - no, io ancora non lo sapevo! Anche senza saperlo il trucco - il trucco qua si scopre da sé!

*** - ma sì! certo! certo!

Scelzi: - posso farle vedere qua le notazioni che avevo già fatte! E si ricorderà del resto, anche, di tutte le mie riserve per Délago!

*** Ma sì! Ma sì!

c.s.:

- Ecco - com'io gli avevo detto... burla. .. non può più essere altro... - burla, eh già! - ora che sapete che Délago sono io.

Sàrcoli: E che altro può essere, scusi?

Primo giovine: Lo confessa lui stesso!

*** (*investendo di nuovo Scelzi*): Le sue riserve? ah sì, le sue riserve per Délago? là il «modo» nuovo, nel senso che intendeva lei? il «modo» nuovo che lei ci sentiva? - «*Uh, non scherziamo.*» - E la pietra sopra? La pietra sopra, a noi della vecchia generazione? Una burla, eh? - Ma si sa! - Ora che Délago sono io.

Scelzi: Ah ma appunto sì, ora che Délago è lei! e qua si scopre, sa!

di nuovo picchiando sulle bozze

- cosa di carta - libro - manipolazione di stile! E mi permetta di dirle, se Lei assume codesto tono con me, che questo non entra più veramente nella moralità di noi giovani -

34

******* - ah, no? -

Scelzi: - no! perché per noi il poeta - lo sappia - non è più il letterato sapiente -

Sàrcoli: - che può divertirsi a far la burla d'apparir giovine, quando non è!

Primo giovine: Ora che sappiamo che Délago è lei, basta per noi!

Scelzi: Ah basta, sì! Perché per noi il poeta deve essere prima di tutto un uomo, - vivaddio! Non carta stampata - SANGUE - PERSONA.

******* (*stringendo a due mani il libro e scotendolo mentre si fa contro a Scelzi con fierissimo sdegno*): E qua non c'è un uomo? Qua non c'è sangue? «Vita che pulsa altrimenti»; «altra vita», come lei stesso diceva? - No - più - è vero? perché ho gli anni che ho? Gioventù è per voi numero d'anni, non prerogativa di spirito? Questa è la vostra moralità: la più insolente presunzione! Non posso essere - io - più giovine di tutti voi, e aver sentito in me ciò che in voi s'agita ancora inespresso - sentito! sentito! - tanto da esprimerlo prima di voi - e perché nuovo, altrimenti da come ho fatto finora? Ah questo è immorale, per la vostra moralità che si sente burlata? - Ebbene, e allora, quand'è così - sì - io v'ho burlati! burlati!

Sopravviene esultante dall'uscio a destra Modoni, seguito da due giornalisti, e quasi nello stesso tempo, dall'uscio a sinistra, sopravvengono, eccitati anch'essi dalla sorpresa, Tito, Giaffredi, Giovanna e Valentina. È lasciato alla maestria del direttore il concerto di questa scena in qualche punto simultanea, perché avverrà che i giovani da un canto, i familiari dall'altro, e quelli di questo e di quel gruppo che di volta in volta si rivolgeranno a *** che sta nel mezzo, parleranno contemporaneamente. La confusione delle voci, del resto, sarà per poco e sarà più che mai naturale nell'animazione di tutti; basterà che nel concerto spicchino le note essenziali.

Modoni (*correndo ad abbracciare* ***)*:* Magnificamente, amico mio! Burlati! Burlati!

Scelzi: Burlati noi, oh senti!

Modoni: Ah no, burlato io, allora!

Tito (*già entrato di furia*): Me n'ero accorto, io, papà! Dicevo plagi perché non lo sapevo!

a Modoni:

Non lo sapevo!

Modoni: E chi poteva immaginarselo!

Scelzi: Io! Io, che avevo già scoperto...

Tito: Lei, quando? che erano plagi? Io dicevo plagi perché non lo sapevo!

Giaffredi (*nel frattempo, già entrato, avrà detto a* *** *battendogli le mani sulle spalle*): Una vera grande grande soddisfazione!

Modoni: Di quelle che può pigliarsi lui solo!

Giovanna: E sempre lui! E sempre lui!

Sàrcoli: Ma la vera soddisfazione è la nostra!

Valentina: Io mi sento liberata da un incubo! Tuo: Eh, te lo dicevo io? Dicevo plagi perché non lo sapevo!

Modoni (*ai giovani derisoriamente*): Délago, il poeta nuovo!

Valentina: «Dèdalo», eh, Tìto? Io me lo sognavo!

Tito: Già, in America, coi libri di papà!

Giaffredi (*ai giovani*): Eccovi serviti, signori miei!

Scelzi: Ah noi, no, prego! Siamo venuti qua -

Primo giornalista (*interrompendolo*): Preghiamo noi, signori, preghiamo noi! Per carità, Maestro: abbiamo il giornale in macchina -

Secondo giornalista: - in attesa della sua conferma -

Modoni: Li ho portati io. Si farà un chiasso enorme! - Vogliono comunicare subito la notizia - ma la vogliono sapere da te -

*** Da me? Che?

Sàrcoli: Che Délago è una burla!

Gli altri: Ma sì, una burla! una burla!

Primo giornalista (*a* ***): Lei ce lo conferma?

*** Io? E non li sentite? Lo gridano loro!

Modoni: Burlati! Burlati!

I giovani: No! nient'affatto! Burlati noi? Burlato sarà lui!

Primo giornalista (*al secondo*): Scappiamo! Scappiamo!

Secondo giornalista (*ai giovani*): Non vogliamo sapere altro!

Primo giornalista: Modoni, pensate ai fotografi!

E va via, col secondo giornalista.

Scelzi (*correndo loro dietro con tutti gli altri giovani*): Ma no! Dovete dire che io, io prima di tutti, avevo già scoperto il trucco...

Sàrcoli: E che noi siamo venuti qua a protestare...

Gli altri: A protestare! A protestare!

L'uscita così scomposta dei giovani provoca nei familiari una grande risata.

Giovanna: Sono felice! felice!

Modoni (*a ****): Non ci voleva altro, amico mio!

Giaffredi: Sei magnifico! magnifico!

Tito: Come sono scappati!

Valentina: Ah Dio, che figura...

Modoni: Bisogna fare una statua a quel tuo nipote! Non poteva servirci meglio!

Giovanna: Ah ma s'è servito bene, intanto, anche lui! Questo libro, ora, andrà a ruba!

Modoni: Ma che, no!

Giaffredi: Si può arrestare la vendita! Fare un processo per abuso di fiducia e appropriazione indebita!

Modoni: No, che! I «nostri» andranno a ruba, adesso, i «nostri», Eccellenza! Ho già dato l'ordine di rifornire tutti i libraj!

Tito: Ma col chiasso che si farà...

Modoni: Délago è finito, te lo dico io! finito! Non se ne venderanno quattro copie, e finirà anche la vendita de «L'imbalconata»! Conosco il pubblico, io. Appena saputo ch'è stata una burla...

******* (*come staccandosi dal pensiero in cui è stato assorto: a Modoni*): È colpa tua.

Modoni: Mia? Che dici?

******* Tua, tua, di non aver pubblicato tu il libro.

Giaffredi (*Stupito*)*:* Ma come! Non sei contento?

Giovanna (*stordita addirittura*): Questa poi!

******* (*irruente, pur volendo contenersi*): Contento? Di che, contento? Che Délago sia finito?

Li guarda tutti:

E chi era? chi era? - Contento che paja adesso una burla ciò che prima era - era - una voce nuova, «mia», che tutti avevano ascoltata - a cui tutti s'erano voltati - voce «viva» - «viva» - «ANCORA VIVA» - mia!

Giaffredi: Ma se non lo sapeva nessuno, scusa -

Giovanna: - che fosse tua! - Io trasecolo!

Giaffredi: Lo sapevi tu solo!

Modoni: Te l'avevano messo contro!

*** E questo io volevo!

Giaffredi: Ah sì? Che t'oscurasse?

*** Che m'oscurasse!

Giaffredi: Che fosse lui il nuovo idolo, e tu buttato a terra?

*** Lui, sì, perché «vivo»! lui! lui!

Giaffredi: Io non ti capisco più!

*** Eh lo so che voi non mi potete capire!

Modoni: Dovevo pubblicare il libro come tuo?

*** Se era mio!

Giaffredi: Perché tutti dicessero che imitavi Délago?

*** Ma sì! Ma sì! Questo volevo!

Giaffredi: Per finire di subissarti?

*** No! Per ripigliarmelo! Per rifar mio quello che è mio! Vita, non burla. Sangue ancora vivo - mio! Questo io volevo!

Modoni: E come? Io non vedo...

*** Come? Lo sapevo io, come! Non svelandolo prima del tempo, pubblicando il libro sotto il mio nome, per far dire appunto ch'era una cattiva imitazione di Délago, l'eco falsa, pietosa, d'un vecchio che voleva ripetere la voce d'un giovine, nuova, fresca, genuina, lo capite adesso che cosa io volevo? - che s'affermasse ancora di più Délago, la sua giovinezza, la sua originalità rimbalzante da quella mia cattiva copia - agile, ferma, decisa - innegabile! - E allora, ecco, quando nessuno più l'avrebbe potuto negare, allora sì, svelarlo -

Tito: - che Délago eri tu?

*** - e che per male che io facessi, non imitavo nessuno o imitavo me stesso, perché Délago, appunto, ero io!

Modoni: Ah, guarda! E perché non ce lo dicesti?

Giaffredi: Ah, così tu volevi far più grande la burla?

*** La burla! Ecco, la burla! Non vedete che la burla, voi! Tanto è incredibile anche per voi ch'io possa sentirmi ancora vivo; evadere da questa prigione di me stesso! Chiuso! Murato! E soffoco! soffoco! muojo! - Perché non ve l'ho detto? Ecco perché! Se l'aveste saputo prima che Délago ero io...

Giovanna: E tuo nipote lo sapeva?

*** Ma certo che lo sapeva!

Giaffredi: Ah, e perciò ha pubblicato il libro sotto il nome di Délago?

*** Sciocco! Non ha capito neanche lui. Non ebbi il tempo di prevenirlo. Ma chi si sarebbe immaginato che tu

a Modoni

dovessi riportarmi là il manoscritto, rifiutandoti di pubblicarlo? Ed ecco che lui, a tradimento... Lo so, lo so perché l'ha fatto! Ha inteso di liberarmi, hanno inteso di liberarmi, senza voler capire ciò che ho pur fatto loro notare, che Délago, svelato prima del tempo, sarebbe sembrato a tutti una burla.

Giovanna: Te ne stai rammaricando, come se, perduto Délago, tu abbia perduto tutto! Non resti più quello che sei? con di più questa burla solenne a tutti gli sciocchi che prima ci avevano creduto e ora non ci credono più?

*** Ah, ora lo so, non mi resta più altro, ora! Affermare anch'io che ho voluto fare una burla!

Giaffredi: E contèntatene, caro! Che dopo tutto è una gran prova di talento e di vitalità anche questa: creare un idolo e abbatterlo! Tu ne resti comunque accresciuto.

Tito: Ah, ma sarebbe stato più bello come voleva far lui!

*** Non vi provate nemmeno a supporre come tutto questo mi dolga...

Valentina: Io sì! Ah, io le sapevo tutte a memoria, sai? - tutte - le liriche di Délago... Quella del «*Bimbo Mattino*»...

Tito: E la «*Passeggiata*»! La «*Passeggiata*»...

*** Tutte burle! Tutte burle!

Giovanna: Ah, no; senti, io per me, preferisco davvero crederle burle. Non riesco a immaginare nemmeno che tu, alla tua età e per quello che sei, abbia potuto scriverle sul serio. Le ammetto appena come burle; e anche come tali non mi sembrano degne di te. Vedere che ne soffri... è inverosimile, guardate... - ma sì, guardate che viso ha fatto... tutto scavato...

Tito: Ti senti male, papà?

*** (*scattando*): No! basta! basta!

Giovanna: È una cosa che mi... che mi...

Giaffredi (*sottovoce*): Basta, basta, Giovanna...

Pausa penosa.

Valentina: Peccato!

Tito: Eh sì, peccato!

Valentina: Eh sì, peccato!

Un giro di pensieri chiari e bui

Che non si rompe mai.

Non si può mai finire

D'avere il giro delle cose in noi.

Morire non si può.

E nascere neppure. In verità,

Come da sempre nati,

Come per sempre vivi, siamo qua.

Pausa penosa.

Modoni (*timido*): Ci sono di là ancora, amici miei

indica l'uscio a destra, i fotografi.

******* (*scattando*): Ah no, perdio! Non ci mancherebbe altro! Mandali via!

Modoni: Abbi pazienza, caro...

Giaffredi: Li hanno portati i giornalisti...

******* Non sento ragione! Via! Via!

Modoni: Sono lì che aspettano...

******* Li hai portati tu; coi giornalisti!

Tito: E poi ormai sarà troppo tardi...

Modoni: No! Per le edizioni della sera! per le edizioni della sera! Sono già preparati gli articoli!

******* Per strombazzare la burla?

Modoni: Ma è necessario, credi, per te - e anche per me, in questo momento!

******* Io non ne posso più, basta! Lasciatemi in pace!

Modoni: È l'affare d'un momento! Persuadetelo voi, Eccellenza!

******* Non mi persuade nessuno! Vi dico di lasciarmi in pace!

Modoni: Ma vi figurate il can-can che adesso faranno tutti i giovani che si son sentiti burlati? Si butteranno accaniti su tutta l'opera sua, sulla sua fama!

Giovanna: Non gli potranno far nulla!

Modoni: Lo so! Ma bisogna prevenirli! Sgominarli! Seppellirli sotto il ridicolo! Muovere noi, prima, all'attacco! Non perdere questa felice situazione!

Tito: Certo, attaccare, attaccheranno...

Giaffredi: E in questo momento, con ciò che si sta preparando...

Giovanna: Credete che possa far male?

Giaffredi: Sarebbe meglio che non ci fossero discussioni...

Modoni: No, no, non dico questo! Non fraintendetemi! Non dico che ci sia da temere! Dico che non dobbiamo perdere l'occasione! Ma avvalercene! Per uscirne accresciuti, come voi avete detto, Eccellenza!

A Tito:

E tu mi segnalerai i plagi che avevi scoperti!

Tito: Sì, più di cinque! Plagi, perché non lo sapevo!

Modoni: Glieli sbatteremo in faccia! Stupidi, che non se n'erano accorti! Mentre lui giocava quasi a carte scoperte! Lasciate fare a me che li accomodo io! Ma tu arrenditi un momento e mettiti almeno ora nelle mie mani.

*** Tutto questo mi stomaca! Non lo capite? Mi finisce!

Giovanna: Ma ti dovrebbe, al contrario, far piacere.

Tito: No, io lo capisco...

Valentina: Anch'io...

Modoni: Va bene, perché siete giovani. Ma ora lasciate fare a me. Dite qualche cosa voi, Eccellenza!

Giaffredi: Io comprendo che tu possa esserne addolorato; ma pensa che è, se mai, la perdita d'un momento solo di te stesso - quest'ultimo -

*** - «Vivo» -

Giaffredi: Ma non mi far ridere! «Vivo» - Tu vivi in tutta l'opera tua!

*** Non dico l'opera! Dico «io», «vivo»!

Giaffredi: E l'opera non vive? La vorresti buttare all'aria per questo solo momento?

Modoni: Lasciarla assaltare dalla furia di questi cani che si proverranno ad abbatterla, a sgretolarla, per vendicarsi?

*** Se non resiste, se si sgretola, se può essere abbattuta...

Giaffredi: Ma nient'affatto! Sarà un assalto ingiusto, per vendetta; bisognerà prevenirlo, difendersene: è tattica. Cogliere l'occasione di questa che - sì, va bene, non è stata per te una burla - ma sei tu stesso persuaso che converrà ormai assumerla come tale? - dunque, brandirla come un'arma - e addosso!

Modoni: Ecco! ecco! - E a questo ho già predisposto tutta la stampa più seria, che è con te!

Giaffredi: Sono trent'anni che lavori a comporti nell'opinione di tutti in un'immagine di te, che tu stesso con tanta fatica hai scalpellata! Non puoi ora volere che sia demolita!

*** Demolita... Se devo esser solo un'immagine...

Modoni: Ma vuoi negare te stesso?

*** Che vuoi che me ne importi!

Giaffredi: Come non te n'importa?

Giovanna: Ma di che vita parla poi, si può sapere?

Tito (*a un tempo*)*:* Sei tutta la nostra vita, papà!

Valentina (*a un tempo*)*:* Viviamo tutti di te!

*** (*sopraffatto*)*:* E va bene, va bene, e allora i fotografi, i giornalisti...

Modoni (*esultante, correndo subito all'uscio a destra a chiamare i fotografi*) Subito! Subito!

*** (*seguitando,* esausto): ... e la burla, e la tattica e l'immagine di me scalpellata

abbandona le braccia:

eccola qua! Chiamateli! Ma che facciano presto

Giovanna (*come tra sé*): Lo vorrei proprio sapere, che altra vita vorrebbe...

*** Ma no, niente, cara, più nessuna: ecco, questa, che è vostra -

Giovanna: - ma anche la tua! -

*** - Sì: scalpellata.

A Giaffredi:

Come hai detto bene! - Ecco: così? Sono bene impostato?

Sono già entrati, al richiamo di Modoni, tre fotografi con le loro macchine una a mano e le altre due sui treppiedi, e gli apparecchi per il lampo di magnesio.

Modoni: Prima, una, lui solo. Scostiamoci, scostiamoci!

Primo fotografo: Così in piedi? Non sarebbe meglio ... ?

Modoni: No; la prima, così, in piedi. Poi l'altra a tavolino. Bisogna che abbi pazienza, caro. Sono tanti giornali! La terza, tra Sua Eccellenza e me.

Giaffredi: No no, lasciate! Io per me lo posso risparmiare!

Modoni: Ma no, Eccellenza! Per carità, lasciatemi fare, ché so bene che cosa faccio!

A ***:

E a me che sono il tuo fedele editore, non la vuoi dare questa soddisfazione? questo onore? La quarta sarà poi con la famiglia.

Giovanna: Eh, sarà pieno di fumo qua dentro, prima che s'arrivi a noi!

******* (*già sotto la mira dei fotografi, che, impostate le macchine e aggiustate le lenti e prese le misure, stanno per far scattare il lampo di magnesio*): E allora saremo tutti, cara

si distrae, e fa un ampio gesto col braccio,

come tra i lampi

lampo

e le nubi dell'Olimpo.

I fotografi: Oh Dio, s'è mosso! Peccato! Ha alzato il braccio proprio nel momento dello scatto!

******* Eh già, scusate, è vero!

Modoni: Mi dispiace, caro, rimettiti a posto. Ti muovi proprio quando non devi...

******* Sì, hai ragione. Io non mi devo più muovere.

Giovanna: Ah, ma non è possibile, badate, con tutto questo fumo!

Primo fotografo: Non c'è una presa qua vicino, scusi?

Tito: Sì sì, qua, accanto all'uscio!

Primo fotografo: Ah, benissimo, allora! Ho di là una lampada. Basterà. E non si farà più fumo. Va', va' a prenderla!

Il secondo fotografo va a prendere la lampada e, mentre la scena prosegue, insieme con gli altri due preparerà l'attacco.

43

*** Ma fatene una sola e basta, per favore! Basterà una! Ce ne sono già tante da riprodurre!

Giaffredi: Sì, sì, basterà una! basterà una, Modoni.

Giovanna: È troppo stanco. Risparmiatelo! Una sola.

Piano a Giaffredi:

E forse non converrebbe neppure - guardatelo - Parrà un cadavere...

Giaffredi (*piano, a Giovanna*). Sì, sono veramente costernato.

Entra Cesare.

Cesare: Permesso? Per Vostra Eccellenza - c'è di nuovo il commesso della nuova Casa di dischi.

*** Ah bene! Anche lui...

Modoni (*seccato*): Ma che vuole?

*** Ma sì, fallo entrare! Anche lui!

Il commesso (*entrando, ancora col suo grammofono a valigetta in mano*): Scusi, Maestro, sono forse importuno...

*** No: libero ingresso, libero ingresso; si faccia avanti! Può entrare chi vuole!

Il commesso: Mi manda la Casa... Si vorrebbe profittare di questa grande occasione, se permette, per il lancio del nuovo disco...

*** Ma sì, profitti, profitti! Profittino tutti!

Il commesso: Ho con me il fotografo: ma vedo che qua ce ne sono già tre. Vorrei prenderla mentre con la famiglia e gli amici sta ascoltando...

*** No! Guardi!

Va a sedere, risoluto, sul suo seggiolone.

Qua. Io mi metto qua - come posato davanti la scrivania. Ha il suo grammofono?

Il commesso: Sì, l'ho portato...

Modoni: Ma che vuoi fare?

*** Lasciami fare!

Ai fotografi:

Ecco, così. Bravi, con questa bella lampada che acceca! Siete pronti?

A Modoni:

Per uno scrittore, caro, - quella al tavolino - è di prammatica, e sempre la migliore. Ecco: nel mio solito atteggiamento: così. Aspettate!

A Tito, senza scomporsi dall'atteggiamento:

Tito, prendi il grammofono.

Tito (*facendosi dare il grammofono dal commesso*): Ecco, papà.

E gli s'avvicina.

Dove?

*** Dietro.

Tito: Come dietro?

*** (*senza scomporsi*): Spaccami dietro.

Tito: Papà, che dici?

*** Spaccami dietro, e allogami nello stomaco il grammofono. Così parlo. E voi tutti mi state a sentire.

Modoni: Oh bella! Oh bella!

Giovanna: Ah, scherza...

Tutti si provano a ridere, ma ridono male.

Tito: Ancora stavo a sentire che voleva...

I fotografi: Fermi! Fermi! Pronti! Ecco fatto!

*** (*levandosi*): Ah, finalmente! Ora basta!

Giovanna: Sì si, basta! Non bisogna più affaticarlo! Basta, basta. Andiamo via!

Tito (*al commesso*): Scusi, sa; ma lo vede, non è proprio possibile ...

Commesso: Peccato, con quest'occasione... la Casa... Ma pazienza ... Sarà per un'altra volta!

Modoni (*ai fotografi*): Su su, andiamo, noi! Via subito: bisogna tirar le copie e distribuirle a tutti i giomali.

Primo fotografo: Aspetti, stacco la presa...

Modoni (*ai familiari*): Io torno più tardi.

Via coi fotografi e il commesso.

Giaffredi: Vado via anch'io.

Giovanna: Ma no, aspettate, amico mio, vorrei dirvi...

Cesare (*entrando*): Permesso? Per Vostra Eccellenza - suo nipote, con la signora e la signorina.

Giovanna (*scattando*): Ah no! Questo poi no! Basta di costoro in casa nostra ormai! Tu non li riceverai!

******* (*fermo, contenendosi*): Io li riceverò. Voi uscirete...

Giovanna: Ah, ci mandi via per loro?

******* Dico, se voi non volete riceverli.

A Cesare:

E tu li farai entrare.

Giovanna: Ma non dovresti tu!

Tito: È suo nipote, mammà...

Valentina: Non li posso soffrire nemmeno io!

Giaffredi: Calma, calma...

Giovanna: Dovrebbe comprendere che io lo dicevo per lui... Anche per lo stato in cui si trova... Venite, venite di qua, amico mio...

Via tutt'e quattro per l'uscio a sinistra.

******* (*a Cesare*): Falli entrare.

******* davanti alla grande tavola, come a sostenersi, con le due braccia dietro appoggiate, pare che aspetti l'ultimo colpo che lofinisca. A significare che la vita non è più dentro di lui ormai, ma può solo averla davanti, e che comprende e sa già tutto ciò che Veroccia specialmente e anche Natascia e Pietro vengono a dirgli e che l'accoglie e lo accetta come giusto da parte loro: insomma, che può soltanto lasciarli parlare e non più rispondere orinai; la scena, tra lui là muto angosciosamente e inerte e gli altri accesi e agitati davanti a lui, si svolgerà come se realmente questi altri parlassero come egli pensa che debbano parlargli e si muovessero com'egli pensa che si debbano muovere: se Pietro si giustifica, se Veroccia lo investe e gli grida il suo sdegno e piange e si convelle, se Natascia esprime placida lo strazio di lui e di tutti; tutto gli è chiaro, comprensibile, ma orinai come staccato e remoto da lui.

Veroccia (*andandogli incontro, con un giornale aperto in mano*): L'hai dichiarato tu davvero - tu, a tutti - che è stata una burla?

Lo guarda. Egli è là immobile: ma come se avesse parlato o fatto cenno di no col capo, ella domanda:

Ah no? Dici di no? È stampato qua!

gli mostra il giornale. Poi c.s.:

No? - Gli altri, eh? Tutti qua - hanno gridato gli altri - gridato - decretato, e ora stampato. Tu no! Lo avevi detto solo a me, tu, come una minaccia o un timore che si sono avverati per colpa nostra, è vero? E ora basta! Ora non hai più altro da dire.

Esasperata, agli altri:

Mi guarda! Mi guarda! Non parla!

A lui:

Non puoi più fare altro che guardarmi? Eh lo so!

Agli altri:

Non può più far altro: s'è arreso! ha accettato il decreto!

Pietro: Io sono venuto qua per dirti...

Natascia: Ma lo sa, Pietro, zitto! Non vedi che lo sa? E può fors'anche aggiungere che ci ha difesi.

Veroccia: Di che, difesi?

Pietro: D'averlo voluto far vivere?

Veroccia: Ma è questa appunto la nostra colpa per lui, non vedi?

Natascia: No, non per lui!

Veroccia: Per lui sì! Anche per lui, se si è arreso!

Natascia: Non bisogna essere ingiusti, Veroccia. Era colpa per gli altri, non per lui.

Si rivolge a lui:

E tu ci hai difesi, non è vero? Quantunque nessuno qua, forse, ci ha veramente accusati, se è vero ciò che è stampato in quel giornale, che noi -

a Pietro:

cioè, tu - hai reso loro un gran servizio.

Pietro: Io, a loro? Ah no! A loro, no! Io ho voluto renderlo a lui il servizio, facendo che se lo pigliasse Délago almeno, il libro che loro non avevano permesso che fosse pubblicato come suo. E forse avevano ragione, perché il libro è di Délago, di Délago!

Veroccia: Sì, come una burla!

Pietro: Ah, ma perché lui non ha saputo farlo valere contro quel branco di stupidi che io mi son battuti davanti a sassate come tanti cani che abbajavano!

Natascia: Ma forse avrà fatto così anche lui, anche se ora non te lo dice.

47

Veroccia: E perché non lo dice? Perché non lo dice?

Natascia: Perché gli duole; dovrebbe rimproverarci e non vuole... Questo era un libro per te, Veroccia; ma lui ne aveva tanti, tanti altri... anche suoi, cara, da difendere. E qua tutti - vecchi, giovani - gridavano burla...

Veroccia: E tu, allora, burla, è vero? Io, allora, una burla! T'ero dunque servita per questo io? E allora tu avevi soltanto burlato, con me? burlato, è vero? I giovani che ti mancavano... I vecchi che ti mancavano... Ma che doveva importartene, se ti restavo io? se avevi me? Io che non ti mancavo? Io che m'ero data a te tutta - tutta - e tu lo sai - tu che non hai voluto, vile... - tu lo sai che m'ero data a te tutta, e non hai avuto il coraggio di prendermi, di prenderti la vita ch'io t'ho voluto dare - per te, per te che soffrivi di non averne nessuna, di non poter più nemmeno sperare di averne. L'hai avuta da me e hai accettato che dicessero burla? Ah, vile... vile... vile...

E Veroccia scoppia in un pianto convulso, di sdegno e di pena.

Natascia (*la lascia piangere un po'; poi, l'esorta*): Basta, basta, cara, non piangere più... Io credo che non avrei neppur bisogno di danzar come Sàlome. Ti voglio tanto bene, cara, che potrei andare di là, placidissima, e portarti su un piatto la testa di quella sua vecchia moglie. Ma è inutile, non vedi? Egli è là immobile, ormai.

Veroccia (*balzando in piedi*): Sì, sì, è la sua condanna! Senza più vita là. Lasciamolo! Andiamo via! Andiamo via!

E se li trascina via con sé, senza più nemmeno voltarsi a guardarlo. Orache è rimasto solo sì - *** può parlare. E si mette a parlare con tenerezza infinita a Veroccia, come se fosse ancora là presente.

*** Eh, lo so... ma perché tu mi vedevi... tu mi volevi ancora vivo, come te... Ed eri pronta a tutto... E ora mi rinfacci il male che non t'ho fatto... Ma io non dovevo fartelo, perché non ero più vivo come te, io, viva giovinezza mia fuori di me, del mio spirito e nel tuo corpo; non nel mio, non nel mio ch'era già vecchio... Tu non l'hai compreso questo ritegno in me del pudore d'esser vecchio, per te giovine. E questa cosa atroce che ai vecchi avviene, tu non la sai: uno specchio - scoprircisi d'improvviso - e la desolazione di vedersi che uccide ogni volta lo stupore di non ricordarsene più - e la vergogna dentro, la vergogna allora, come d'una oscenità, di sentirsi, con quell'aspetto di vecchio, il cuore ancora giovine e caldo. Eh, tu sei viva e giovine, creatura mia; ecco, ancora così viva, che già sei mutata - puoi mutare tu, momento per momento, e io no, io non più. Non hai pensato che non era più possibile per me, che anch'io fossi ancora vivo così... Ti sei preso, cara, di me l'ultimo momento vivo; ma pénsaci! pénsaci! come te ne saresti consolata? solo col dirti che quest'ultimo momento non era quello d'un vecchio qualunque, ma d'uno che era QUALCUNO - qualcuno a cui tutti i momenti, tutti, uno dopo l'altro, tanti -.tanti - quelli di tutta una vita, eran serviti per divenire appunto QUALCUNO -qualcuno che non può più vivere, cara, non può, se non per soffrime.

Pausa; e poi, più cupo e solenne:

QUALCUNO, VIVO, NESSUNO LO VEDE:

Pausa.

Tu mi hai potuto vedere perché per te non ero qualcuno; ma uno che volevi vivo, come staccato da me, nel tuo momento: ed io TUTTO QUAL ERO, io QUALCUNO, che ero diventato? eh, un fantoccio per te; a cui potesti perfino tagliare i capelli; tant'è vero che tu vivo come QUALCUNO non mi vedesti mai; e non mi potevi vedere: mi domandavi perfino stizzita: «Perché ne soffri?». Ora lo sai perché ne soffro: e non t'importa più di saperlo. Mi hai visto finalmente QUALCUNO; e per te NON SONO PIÙ VIVO.

S'è già fatto bujo gradatamente: d'un tratto, l'ultimo barlume si spegne, e prima che egli accenda la lampada sulla tavola, che farà nella biblioteca un lume spettrale, quasi simile a quello del principio dell'atto, le quattro immagini dei poeti saranno di nuovo sul palco, ma questa volta in una austera rigidità di statue. Egli intanto si sarà mosso lentamente per rimpostarsi, rigido anche lui, e in piedi, davanti la scrivania, cominciando a dire nel bujo:

Veramente, quando si è QUALCUNO, bisogna che al momento giusto (*luce*) si decreti la propria morte, e si resti chiusi - così - a guardia di se stessi.

Tela

ATTO TERZO

Vasto giardino della villa, ove *** ha passato l'estate, ormai per finire. Gli alberi, pini e cipressi, sono ai lati, con altre piante, oleandri, allori. Nel mezzo è lo spiazzo davanti la villa, che si vede in fondo. Lo spiazzo ha nel centro una platea di marmo con tre sedili, uno nel mezzo in forma di sedia curule, due staccati ai lati, leggermente curvi, di modo che tutti e tre formino quasi un semicerchio. Dietro ai due sedili laterali può esserci una bassa spalliera di bossi. La villa in fondo è bianca. Ha in mezzo un'ampia entrata a vetri, e due finestre ad arco per lato, che si vedranno tutte e quattro illuminate, come se a pianterreno ci fosse un lungo atrio rettangolare. Tra queste finestre dell'atrio a pianterreno e quelle a primo piano ci sarà almeno un metro d'altezza, per dar posto a una epigrafe che poi vi figurerà come incisa lì per lì, ma che, naturalmente, già vi sarà, nascosta da soprammessi listelli di carta dello stesso colore della facciata, i quali, scorrendo a tratti, tirati da dietro, scopriranno le parole a mano a mano che *** le pronunzierà. La facciata della villa sarà fatta di telaj rientranti, in modo da potersi restringere e, nello stesso tempo, abbassare da su, allorché, tirata lentamente da dietro e scorrendo su due guide leggermente convergenti verso il fondo del palcoscenico, s'allontanerà; mentre nel mezzo dello spiazzo si solleverà fino a un metro e venti d'altezza la statua, poco dopo che *** si sarà seduto sulla sedia curule, la quale dovrà essere ben fissata su una piattaforma che farà da piedestallo, rivestita tutt'intorno da una tela bianca che, via via che la statua si solleva, emergerà di sotto il palcoscenico.

Al levarsi della tela nel giardino sarà ancora luce di crepuscolo, che a mano a mano s'affievolirà; sicché alla fine dell'atto sarà già sera e s'avrà allora, nel silenzio, una chiara arcana soffusione d'albore lunare. Davanti all'entrata a vetri della villa illuminata, ora si vede un gruppo di invitati e i due giornalisti del secondo atto che, non avendo trovato posto nell'atrio (e forse i due giornalisti, per qualche loro fine professionale, non han voluto trovarlo), stanno intenti a guardare di là. Si sente, confusa, la voce di S. E. Giaffredi che fa il discorso per il cinquantenario della nascita del poeta e il conferimento del titolo di conte; e di tratto in tratto il suono degli applausi che l'interrompono. Sul davanti sono Tito, Cesare e due camerieri d'occasione.

Tito (*parlando in fretta*): È già annunziato l'arrivo; ma non entrerà di qua; tutto predisposto; voi state bene attenti alla tromba che darà uno squillo, appena l'automobile si fermerà al cancello di là, e accorrete -

Cesare (*attaccando subito*): - due di qua e due di là col portinajo, e c'inchineremo: è già inteso. Per il portinajo s'è trovata la mazza.

Tito: Ah, bene bene.

Fa per rientrare nella villa; ma aggiunge:

Oh, v'avverto, d'ora in poi, non più «Sua Eccellenza», ma «Sua Eccellenza il signor Conte».

Cesare: Non dubiti, signor Conte. Anche di questo ci aveva già avvertiti la signora Contessa.

Tito: Ah, bene bene.

Si staccano, dal gruppo sull'entrata, i due giornalisti e vengono incontro a Tito che va verso la villa, dove scoppiano ancora applausi.

Primo giornalista: Per piacere, se ci volesse...

Tito: Non hanno trovato posto? Vengano con me!

Primo giornalista: No, siamo rimasti fuori apposta -

Secondo giornalista: - per raccogliere notizie da qualcuno della famiglia... Se lei volesse darcele...

Tito: Ma io non posso; vedono: ho da dare gli ordini: è annunziato l'arrivo del Principe. Pareva non potesse venire, e invece...

Primo giornalista: Ah, benissimo! Così la festa attingerà i supremi onori!

Secondo giornalista: Peccato che S. E. Giaffredi abbia già cominciato il discorso...

Tito: Mirabile! Mirabile! Hanno ascoltato?

Primo giornalista: È già tutto composto in tipografia fin da stamattina. Forse un po' troppo polemico...

Tito: Ma questo è il suo stile!

Applausi.

Sentono, sentono, che consensi! E che sala!

Secondo giornalista: Già, s'è visto! *Un parterre des rois...*

Tito: Mi permettano, devo andare...

Primo giornalista: Ci dispiace...

Sopravviene dalla villa Valentina, con un gran mazzo di fiori.

Valentina: Tito, Tito, io non so più come porgere questo mazzo a Sua Altezza sull'entrata, se ora entra dalla porta riservata!

Tito: E domandalo a mammà, santo cielo! che vuoi che sappia io? Glielo porgerai quando sarà entrato!

Primo giornalista (*a Valentina*)*:* Se ci potesse far lei il piacere, signorina...

Tito: Ma no, scusino, allora resterò io! Che vogliono sapere?

Valentina: La nota degli invitati?

Primo giornalista: Questa l'abbiamo!

Secondo giornalista: Per i festeggiamenti ci sono di là i nostri colleghi...

Tito: E allora, scusino! in questo momento...

Primo giornalista (*a Valentina*)*:* Qualche notizia del loro Padre nell'intimità...

Secondo giornalista: Sarebbe preziosa! Se ne sa così poco…

Primo giornalista: Sarà contento, figuriamoci, di questi onori?

Tito: Contento? C'è voluta tutta la forza di persuasione di mammà e l'autorità di S. E. Giaffredi per farglieli accettare! Ci ha fatto sudar sette camìce! E siamo ancora qua tutti in ambascia...

Valentina: Ah, ma non bisogna credere che, in fondo, a conoscerlo bene, quando si sia arreso, non li gradisca. Io direi anzi che li gradisce molto.

Tito: No, per dire com'è!

Primo giornalista: Refrattario, sì sì; questo lo sappiamo!

Tito: Credano che, in questo, il merito di mammà è inapprezzabile - dico se la sua fama s'è consolidata ormai come in un blocco di marmo. Noi figli lo sappiamo bene!

Valentina: Ah sì, mammà ha fatto tanto... È come un bambino, lui, nella vita, incapace perfino di comprarsi da sé un fazzoletto. Tutto il suo gusto è d'osservare.

Tito: Sì, questo sì! Si può giurare che anche lì, in questo momento, lui osserva. Pare che sia uno svagato e non veda mai nulla. Io non so come faccia! Mammà s'arrabbia: ma come! non hai visto questo? non hai visto quest'altro? Che! Non ha visto nulla; ma ha notato, invece, lui solo, di tutti, certe cose che, quando ce le dice, ci fanno strabiliare. Ti ricordi dell'osservazione di come faceva sotto sotto con le dita quella signora? Ce lo rifece, e in quel gesto da nulla c'era tutta - viva - quella signora! E noi siamo rimasti tutti a bocca aperta!

Primo giornalista (*prendendo appunti*): Ah, questo è molto molto interessante!

Secondo giornalista (*c.s.*): Interessantissimo!

Tito (*a Cesare*): Ma Cesare, figliuolo mio, non startene lì così: manda almeno di là per ora codesti due camerieri, che si trovino pronti!

Cesare: Subito, signor Conte!

Ai due camerieri:

Andate, andate. Qua baderò io.

I due camerieri d'occasione vanno, girando da destra la villa.

Tito (*ai due giornalisti*): E vado ora anch'io, mi scusino: non posso trattenermi oltre. Vieni, vieni via anche tu, Valentina; così si pensa come ti regolerai per i fiori.

Primo giornalista (*avvicinandosi con l'altro, a Cesare*): Ci dica lei, ora, qualche altra cosa.

Cesare: Io? Che posso dire io?

Secondo giornalista: Via, sia buono! Non c'è grand'uomo per il proprio cameriere. Lei lo serve da molti anni?

Cesare: Da diciotto; ma non ho proprio nulla da dir loro.

Primo giornalista: Ci dica almeno se lo veste lei...

Cesare: Il signor Conte s'è sempre vestito da sé.

Secondo giornalista: Ah, questo è utile a sapersi. E lei non l'ha mai sorpreso, per caso... che so... in qualche momento, quando la mattina gli reca il caffè...

Cesare: Il signor Conte è così riservato e composto, che quando io entro dopo averne ottenuto il permesso, lo trovo che ha finito anche di rassettarsi i capelli sul capo.

Primo giornalista: Ah, è anche questo interessante a sapersi!

Secondo giornalista: Non dorme dunque con nessun aggeggio sul capo per conservarsi la piega dei capelli?

Cesare: Nessun aggeggio. Piega naturale. E prego lor signori di non rivolgermi altre domande. Non risponderei.

I due giornalisti, preso l'appunto, fanno per ritornare all'entrata della villa, quando dalla sinistra di essa sopravvengono Veroccia e un Commissario di Polizia che cerca d'impedirle il passo.

Commissario: No: glielo dico io che lei non entra senza biglietto d'invito.

Veroccia: E io le ho detto che non voglio entrare!

Commissario: Ma come non vuole entrare, se entra?

Fa per prenderla per un braccio, Cesare e anche i due giornalisti s'avvicinano.

Veroccia (*schermendosi*): Lei si tenga a distanza!

Cesare (*al Commissario*): La signorina è parente di Sua Eccellenza!

Veroccia: Non sono parente.

Cesare: Ma sì, Sua Eccellenza il signor Conte...

Primo giornalista: Cognata del nipote.

Cesare: Americana...

Veroccia: Non sono americana.

Secondo giornalista: La signorina è russa.

Commissario: Ah, russa? Figuriamoci! Le sue carte?

Veroccia (*indicando la borsetta*): Le ho qua. Già vistate per la partenza.

Cesare (*a Veroccia, piano*): È il Commissario, sa?

Primo giornalista: Possiamo assicurarle, signor Commissario, che la signorina noi la conosciamo: è veramente cognata d'un nipote...

Cesare: ... ma sì, di Sua Eccellenza il signor Conte...

Commissario: E perché allora non ha il biglietto d'invito?

Secondo giornalista: Ma appunto per questo!

Commissario (*a Veroccia*): Mi tengo a distanza? No, sa! Ho io l'ordine, invece, di tenere a distanza gli altri.

Veroccia: E io sono felicissima che un Commissario di polizia abbia l'ordine ormai di tenere a distanza da lui una come me.

Secondo giornalista: È anche per l'alta personalità che deve arrivare...

Commissario: Che vuol dire, scusi, «una come lei»?

Veroccia: Ma sì, una da tenere appunto a distanza da lui, per sempre, come ogni cosa viva! Lo so da me, non dubiti... E non voglio difatti accostarmi.

A Cesare:

Gli avevo detto che non volevo entrare.

Commissario: E allora che vuole?

Veroccia: Niente. Vedere soltanto...

Cesare (*interpretando*): Ah, se sua sorella e il cognato sono in sala?

Veroccia: No. Non credo che siano ancora arrivati. Né sanno, del resto, ch'io sia qua. Volevo, prima di partire, vederlo soltanto da lontano, senza farmi vedere. Ma ora non voglio più nemmeno questo. Vedo che ci sono là tanti...

Indica quelli che sono a gruppo a guardare dall'entrata.

Primo giornalista (*a Cesare*): Ah, ma se vuole, potreste farli scostare...

Cesare: Certo! Ne avrei anzi l'ordine della signora Contessa, sua zia.

Veroccia: Non è mia zia.

Cesare (*al Commissario*): Vada, vada pure, signor Commissario, se lei deve stare di là.

Commissario: Garantiscono loro per la signorina?

Cesare: Garantisco io.

Secondo giornalista: E anche noi, signor Commissario.

Commissario: Sta bene.

E va, per dove è venuto. Nuovi applausi nella sala.

Veroccia: Gli fanno il discorso funebre?

Primo giornalista (*ridendo*). Ah, giustissimo: funebre.

Cesare (*molto dignitoso*): Funebre? No. Perché? Parla Sua Eccellenza Giaffredi.

Secondo giornalista: Per il conferimento del titolo di Conte.

Cesare: Festa solenne.

Primo giornalista: S'aspetta il Principe: Sua Altezza.

Secondo giornalista: Vedesse che sala!

Primo giornalista (*a Cesare*): Fate, fate scostare quella gente...

Cesare va.

Veroccia (*facendo un gesto come per impedirlo, dice appena*): No...

E resta perplessa, combattuta tra il desiderio di rivederlo e quello di andarsene. Gl'invitati del gruppo sull'entrata a cui Cesare intanto si rivolge, non si fan punto pregare e vengono avanti. Alcuni andranno a sedere sui curvi sedili laterali, mentre Veroccia si fa, guardinga, a osservare dall'entrata sgombra.

Primo invitato: Ma sì! Ma sì! Volentieri.

Secondo invitato: Non finisce più!

Primo giornalista (*contemporaneamente a Veroccia*): Ecco, vada, vada, signorina...

Terzo invitato: Fortuna che siamo rimasti fuori! Con questo caldo, là dentro... Parla bene, ma è lungo oh!

Quarto invitato: Qua almeno si respira! Fumiamo.

Offre al terzo una sigaretta.

Primo giornalista (*al secondo*): Ah! non s'è pensato a chiedere ai figli che ripercussione ha avuto in famiglia la scoperta di quest'ultima avventura! Vedi? Vedi come se lo guarda?

Secondo giornalista: Ma dunque è proprio vero?

Primo giornalista: Eh, non ti basta vederla? Esclusa dalla festa... come messa alla porta... E non hai veduto lui, là dentro, com'è?

Secondo giornalista: Già. Pare un morto... C'è già tutta una leggenda su quest'amore, che aveva per nido la villa del nipote... Con la sorella consenziente... Lei sarà appena maggiorenne...

Primo giornalista: Ma sì, e poi russe...

Secondo giornalista: ... della moglie, andata a sorprenderli...

Primo giornalista: No, a questo non ci credo... La moglie, caro mio... lasciamo andare... Quella che interessa veramente è lei!

Indica Veroccia.

Che capitolo per un biografo! E che documento sarebbe, guarda, a fissarla così, davanti quell'entrata... tenuta lontana...

Secondo giornalista: Peccato che non ci sia più luce...

Primo giornalista: Guardala! Guardala! Stringe le pugna, con le braccia incrociate sul petto...

Secondo giornalista: Sì sì, pare che voglia gridare qualcosa...

Primo giornalista: Se si potesse ancora parlarle...

Secondo giornalista: Avviciniamoci...

Primo giornalista: No, se t'accosti ora, se ne scapperà...

Secondo giornalista: Partiranno domani...

Primo giornalista: Pensa: erano per lei tutte quelle liriche di Délago... che, hanno un bel dire, erano belle...

Secondo giornalista: Finite così...

S'avvicinano il terzo e il quarto invitato che saranno stati anch'essì a guardare Veroccia, parlando tra loro.

Terzo invitato (*indicandola*)*:* Chi è, scusino? Loro lo sanno?

Primo giornalista Mah...

Quarto invitato: Un'ammiratrice?

Secondo giornalista: Forse qualcosa di più.

Terzo invitato: Pare una straniera.

Quarto invitato: Come, qualcosa di più?

Secondo giornalista: Eh, la guardi!

Terzo invitato: Dio, grida, che fa? si copre gli occhi!

Veroccia viene avanti, tremante, convulsa.

Veroccia: È morto! È morto!

Primo giornalista (*costernatissimo*): Ma no, che dice, signorina?

Secondo giornalista: Morto? Possibile?

E con gli altri fa per accorrere alla scala; ma sopravviene di là, ad arrestarli, un fragoroso scoppio
d'applausi che segna la fine, del discorso del Giaffredi.

Terzo invitato: Eh no, applaudono...

Quarto invitato: Sarà finito il discorso...

Veroccia: Io vi dico che è morto. Nessuno se n'accorge. L'ho visto io, come ha chiuso gli occhi.

Primo giornalista: Sì, è certo sfinito...

Terzo invitato: E così tutto vestito di bianco...

Primo giornalista: Questa è la sua civetteria: sempre, d'estate... Qua è come un cigno.

Quarto invitato: Sarà. Ma con quella faccia, anche così tutta sbiancata - la signorina ha ragione - fa
un'impressione...

Secondo giornalista: Di cigno, appunto...

Primo giornalista: ... che abbia già finito, però, il suo ultimo canto. Dev'esser sul serio malato.

Terzo invitato: E tutte queste emozioni...

Primo giornalista (*con mestizia maliziosa, rivolto a Veroccia*): Eh, forse non delle feste soltanto...

Secondo giornalista: Quando si è qualcuno...

Veroccia: Si muore.

Squillo di tromba, di là dalla villa.

Tutti (*meno Veroccia, accorrendo a guardare dall'entrata*): Ah, ecco il Principe! Ecco il Principe!

Scoppiano di nuovo nella sala applausi fragorosi per salutare l'entrata del Principe. Sopravvengono,
dal lato sinistro della villa, Pietro e Natascia.

Pietro (*appressandosi, fosco, a Veroccia*). Ah, sei qua! T'abbiamo cercata dappertutto...

Natascia: Te l'avevo detto: sapeva che dovevamo venire...

Pietro: Mi sarei fatto tagliar le mani, che non potevi esser qua!

Natascia: Vedi che la conosco meglio di te...

Pietro: Bene! L'hai veduto?

Veroccia (più col cenno che con la voce): Sì.

Pietro: E lui?

Natascia: Che, lui? Non si sarà certo lasciata vedere da lui.

Applausi ancora nella villa.

Veroccia: È lontano. Non è più in grado di udir nulla; né di vedere nessuno.

Pietro: Io e Natascia vogliamo soltanto salutarlo e andarcene.

Veroccia: Non vi udrà, non vi vedrà. A ogni modo, non ditegli più nulla di me: ve lo proibisco! ch'io sia stata qua...

Pietro: E se domandasse?

Veroccia: Non domanderà.

S'avvia per uscire da dove è entrata. Ma allo svolto della villa è impedita dal sopravvenire affannoso della Madre Superiora e di due suore, seguite da una rappresentanza di ragazze e ragazzi dell'educandato: almeno otto, quattro maschi e quattro femmine, in uniforme, di quelle solite dei collegi di suore.

Madre Superiora (*affannatissima*): Su su, l'avevo detto io che saremmo arrivate in ritardo...

Ai ragazzi:

Voi restate qua in giardino per ora. Quieti, mi raccomando!

Alle suore:

e noi entriamo!

Entra con le due suore nella villa, pregando gli invitati e i giornalisti di dar passo. Le ragazze e i ragazzi, appena lasciati senza sorveglianza, ancora eccitati dalla corsa scomposta con cui sono arrivati, si sbandano vivacissimamente nel giardino.

Primo ragazzo (*battendo le mani*): Uh, bello qua!

Secondo: Sarà nostro, anche il portiere con la mazza!

Terzo: Qua faremo la palestra poi!

Quarto: No, di là, la palestra! Qua la ricreazione! E annaffieremo con le trombe!

Prima ragazza: Perché ha la mazza il portiere?

La più grande: Fermi tutti! Composti! Per dartela in testa!

Seconda ragazza (*correndo, a sedere su uno dei due sedili laterali, seguita dai maschi*): Qua ci si mette seduti bene! Oh! Ma non tutti! C'è l'altro, là!

Primo (*afferrando il secondo che s'è già seduto*): Tu va' di là; è lo stesso!

Secondo (*schermendosi*): No! Qua ho preso posto io! Va' tu di là!

Ma l'altro lo strappa e si azzuffano.

La grande: Via, via tutti! Sì, litigate adesso! Correte! Lo dirò alla Superiora!

Primo giornalista (*vedendo venire *** dall'atrio*): Sst! Eccolo! Eccolo che viene!

Tutti i ragazzi nel giardino, e il giornalista stesso che ha dato l'annunzio e l'altro giornalista ed i quattro invitati all'apparire di *** vestito di bianco, restano come fissati nei loro atteggiamenti - anche se scomposti - irrigiditi ad ammirarlo balordamente. Anche Pietro e Natascia restano immobili, ma dolorosamente impressionati dall'aspetto di lui. Veroccia sarà già andata via.

*** (*sceso nel giardino, fermandosi tra l'immobilità di tutti, guardando prima quella dei ragazzi, poi quella degli altri e infine quella di Pietro, e parlando con una voce ormai gelida*): Anche voi così... Tutti così... anche tu...

Pietro: Ma io... perché ti sto vedendo...

Natascia (*accostandoglisi, a bassa voce, ma vibratissima*): Muoviti tu! Muoviti! Fa' una carezza a questi ragazzi! Ròtolati con loro per terra!

Pietro (*c.s.*): Lascia qua tutto! Ti basterebbe fare adesso al cospetto di tutti una pazzia!

Natascia: Ma fredda!

Pietro: E poi partire con noi! Verremo a prenderti domattina!

*** (*dopo una pausa, staccato*): Non posso.

Natascia: Hai paura?

*** Di che, paura?

Natascia: Di finire!

*** Non è paura. Necessità.

Natascia: Per gli altri? Pietà degli altri? E allora Veroccia?

*** No. Necessità mia. Senza pietà. E anche tedio di tutto. Peso.

Sopravviene dalla villa Tito con un'ansia angustiosa.

Tito: Oh Dio, papà... (*Vedendo Pietro e Natascia:*) Ah, siete qua voi?

Pietro: Ce ne andiamo...

Tito (*seguitando, rivolto al padre*): ... Sua Altezza ha finito di parlare con Giaffredi, e a momenti se ne andrà...

******* (*indicando Pietro e Natascia*): Li ho salutati.

Tito (*c.s.*): ... potevi dopo! rientra, rientra subito!

> ******* si muove per rientrare; davanti all'entrata si volta e alza un braccio a salutare ancora, ma appena, Pietro e Natascia e forse anche un'altra che non c'è più. Natascia lo intende e gli dice:

Natascia: Sì, anche lei. Glielo dirò.

Tito: Fate male, fate male, signori miei, a restare tutti così davanti a lui, a guardarlo come lo guardate, con gli occhi così fissi addosso... Io, figlio, lo so! Ve lo dico perché lo so.

Natascia: Tu, figlio, certo: e gli si moverà sciolto attorno anche il cameriere che lo serve.

Secondo giornalista: Eh già. Gli altri... Il rispetto... l'ammirazione...

Natascia: Tutte cose che uccidono. E anche davanti a un oggetto di qualcuno ucciso così, anche davanti a te, se ti riconoscono come suo figlio, tanti si fermano a guardarti. Quando una vita si ferma... o è stata dagli altri fermata...

Primo giornalista: Conseguenze della fama. Perciò si resta!

Natascia: E non si vive più.

Tito (*irritatissimo*)*:* Ma chi te l'ha detto? Chi te l'ha detto? T

Terzo invitato: Vive ancora, mi pare! E come!

Primo invitato: Per grazia di Dio!

Secondo invitato: Onorato, nell'ammirazione di tutti!

Quarto invitato: Venerato dalla famiglia, dal Paese!

Primo invitato: Tant'alto che nessuno lo può più toccare!

Terzo invitato: Che si può volere di più?

Quarto invitato: Ma scusi, questa villa è di lui?

Tito: No no; apparteneva alla sua grande amica...

Secondo giornalista: ... la Principessa, già, morta ora è poco...

Tito: Chi sa che gioja avrebbe avuto, per quanto l'amava, se avesse potuto assistere a tutti questi onori... La villa però l'ha lasciata nel testamento all'educandato.

Primo giornalista: Ah, perciò ci son qua questi ragazzi?

Tito: Sì. Però con l'obbligo, però con l'obbligo che l'educandato prenda il nome di papà.

Secondo giornalista: Anche il paese nativo, dicono, ha fatto istanza...

Tito: Sì sì, e ha già avuto concesso di prendere il nome di papà.

Terzo invitato: Eccolo che riviene con tutti.

Primo giornalista: Già. Il Principe se ne sarà andato.

*** tra Giaffredi e la Madre Superiora, Giovanna, Valentina, e una folla di invitati tra quelli che sono rimasti dopo la partenza del Principe che ha segnato veramente la fine delle onoranze, vengono nel giardino dove la luce del giorno già declinata comincia a farsi lunare. Di tratto in tratto durante la scena seguente scatterà qualche lampo dei fotografi, che bisognerà ottenere con altro mezzo da quello del magnesio, per impedire che la scena si riempia di fumo.

Giaffredi: Ah, è stato veramente di un'amabilità che non avrebbe potuto essere maggiore!

Giovanna: Peccato che non gli s'è potuto dire quanti abitanti!

Tito: Il paese nativo di papà? L'ha chiesto? Io lo sapevo!

Primo giornalista: Venticinquemila.

Tito: No, quasi: ventiquattro mila settecento cinquanta tre.

Giovanna (*irritata a Valentina*)*:* Eh, hai visto? Lui che lo sa bene, se ne stava qua! Noi gli abbiamo detto che prima erano press'a poco diciottomila.

Valentina: Però abbiamo aggiunto che certo da allora dovevano esser cresciuti...

Madre Superiora: Ha chiesto anche a me quante educande... e io sono stata felice di rispondergli che, come il paese nativo, anche il mio educandato sarebbe stato orgoglioso di prendere d'ora in poi un nome tanto glorioso. Suora, su, i ragazzi: presentiamo al signor Conte i ragazzi. Una piccola rappresentanza, per non disturbare.

Le due suore stentano un po' a raccogliere le ragazze e i ragazzi dell'educandato tra la folla degli invitati.

Tito: Papà li ha visti poco fa.

Madre Superiora: Ho già detto loro in presenza di chi si troveranno.

Giovanna: Lei, Madre, potrà prendere possesso della villa tra due o tre giorni al massimo...

Madre Superiora: Ma no: con tutto il loro comodo.

Valentina: Ci siamo trattenuti fin'ora per queste onoranze...

Giovanna: È già tutto pronto per lo sgombero.

Madre Superiora: Ma la Principessa, sant'anima, ha lasciato detto che finché Sua Eccellenza avesse voluto restare... E poi dovremo riadattare tutto qua... Ah, ecco i ragazzi!

Le due suore li dispongono in due file davanti a ***.

Bene, che v'ho detto? L'inchino.

Mentre i ragazzi s'inchinano, scatta un lampo di magnesio, e i ragazzi sussultano.

Valentina: Poverini, si sono spaventati...

Giovanna: Ah, sono d'ambo i sessi?

Madre Superiora: Sì, signora Contessa. Due reparti. Reparto maschile, reparto femminile.

Giaffredi (*a ****): Tu dovresti dir loro qualche cosa...

Giovanna: Sarebbe molto grazioso da parte tua...

Madre Superiora: Oh, la gratitudine nostra allora... no non osavo pregarla ...

Valentina: Se non sei molto affaticato...

Giaffredi: Due parole...

Madre Superiora: Resterebbero indelebili, come scolpite nell'animo nostro ...

Giovanna: Pròvati, caro... Due parole...

Tito: Silenzio! Silenzio!

Si fa un gran silenzio.

Natascia (*in quel silenzio, con un tono di profondo rammarico, come se non sapesse credere a quanto ha veduto e udito*): Per questo... per questo... restare per questo...

Giovanna: Ma che dice?

Tito: Silenzio!

*** è davanti la sedia curule sulla platea di marmo. Tutti si fanno intenti a lui; i giornalisti si tengono pronti a segnare quanto egli dirà. Qualche altro lampo dei fotografi. Poi immobilità assoluta. Allora egli si metterà a parlare con voce gelida e chiara, pausando, come per trovare in sé a mano a mano la forza estrema di scalpellare le parole che diventano di pietra, incidendosi in forma d'epigrafe sulla facciata della villa alle sue spalle, via via che le pronuncia.

*** PUERIZIA

ARCANA FAVOLA DI RICORDI

OMBRA CHI A TE S'AVVICINA

OMBRA

CHI DA TE S'ALLONTANA

Nessuno s'accorge del prodigio delle parole incise. Il silenzio non deve essere più rotto. Tutti faranno con l'espressione del volto e con le mani e con i cenni del capo segni d'ammirazione e di compiacimento. Poi Giovanna e Valentina si chineranno verso le ragazze e i ragazzi dell'educandato per portarseli dentro la villa e inviteranno tutti a rientrare, mentre Tito fa segno di lasciare il padre là solo un momento nel giardino. Pietro e Natascia se ne andranno svoltando a sinistra della villa. Quando tutti se ne saranno andati, egli sederà sulla sedia curule, e allora, dentro quel chiaro albore lunare. comincerà lentissimamente il doppio movimento della facciata della villa che s'allontana restringendosi a mano a mano, e, contemporaneamente, della sedia curule che comincia a elevarsi con lui nel suo solito atteggiamento, irrigidito, divenuto la statua di se stesso. Tutto questo. in un silenzio che parrà di secoli.

Tela